VENDUTA AI BERSERKER

LEE SAVINO

LIBRO GRATUITO

Ricevi un libro segreto sui Berserker, "Allevata dai Berserker"
(solo per i fan più accaniti sulla lista e-mail di Lee=)
Vai qui per cominciare... https://geni.us/BredBerserkersIT

VENDUTA AI BERSERKER

Quando il padre di Brenna la vende a una banda di guerrieri
di passaggio, il suo unico pensiero è sopravvivere. Non si
aspetta di essere rivendicata dai due temibili guerrieri che
guidano il clan dei Berserker. Tenuta prigioniera, viene
coccolata e accudita, trattata più come una salvatrice che
come una schiava.

La prigionia può portare all'amore? E quando scopre la verità
dietro il mistero dei temibili guerrieri, può accettare il suo
destino di vera compagna dei Berserker?

CAPITOLO 1

Il giorno in cui il mio patrigno mi vendette ai Berserker, mi svegliai all'alba con i suoi occhi su di me pregni di un'espressione maliziosa, quasi come se avesse voluto spogliarmi con gli occhi.

«Alzati», mi disse, accompagnando le parole con un calcio, strappandomi dal mio torpore.

«Ho bisogno del tuo aiuto per una consegna.»

Annuii e lanciai uno sguardo a mia madre e ai miei fratelli, ancora addormentati. Non mi fidavo del mio patrigno tanto da lasciarlo solo con le mie tre sorelle più piccole, ma pensai che, se fossi stata con lui per tutto il giorno, sarebbero state al sicuro. Avrei dovuto portarmi dietro un pugnale: non avrei osato ucciderlo, perché avevamo bisogno di lui per mangiare e continuare ad avere un tetto sopra la testa, ma se avesse provato ad attaccarmi un'altra volta, non mi avrebbe trovata impreparata.

Il secondo marito di mia madre mi odiava dall'ultima volta che aveva cercato di possedermi ed io mi ero rifiutata, dimenandomi. Mia madre era via, e quando lui provò a bloccarmi, qualcosa in me si ribellò. Non gli avrei permesso di

1

toccarmi di nuovo, neanche solo di provarci. Lo affrontai, prendendolo a calci e graffiandolo, ma non riuscii a liberarmi dalla sua presa finché non afferrai una pentola di ferro per lanciargli dell'acqua bollente addosso.

Urlò e mi guardò come se avesse voluto farmi del male, ma si tenne a distanza. Quando mia madre fece ritorno a casa, lui fece finta di nulla ma i suoi occhi mi seguivano, scaltri e pieni di odio.

Mi urlava sempre gli insulti peggiori, prendendomi in giro per la cicatrice che mi segnava il collo, dovuta a un attacco di un cane selvatico risalente alla mia infanzia. Io ignoravo tutto ciò e mi tenevo a debita distanza, nonostante sentissi tutte le sue provocazioni sul mio orrendo viso da quando la ferita era guarita in cicatrice, una striscia argentata sulla pelle.

Quella mattina coprii i capelli e il collo con una sciarpa e seguii il mio patrigno, tirandomi dietro la sua merce per tutta la strada. All'inizio pensai fossimo diretti al mercato, ma quando raggiungemmo il bivio e imboccò un percorso che non mi era familiare, esitai. Qualcosa non andava.

«Di qua, cagnaccia.» Mi chiamava così per provocarmi, dicendo che gli unici suoni che riuscivo a produrre erano i grugniti, il ringhiare di una bestia, quindi avrei potuto benissimo esserlo. Aveva ragione, dopotutto: l'attacco aveva provocato danni gravi alle mie corde vocali, danneggiando così anche la mia voce.

Se lo avessi seguito nella foresta e lui avesse cercato di uccidermi, non avrei potuto nemmeno chiedere aiuto.

«C'è quest'uomo ricco che mi ha chiesto di consegnargli la merce a casa sua.» Continuò a marciare senza degnarmi nemmeno di uno sguardo. Io camminavo dietro di lui, seguendolo.

Avevo vissuto tutta la mia vita nel regno di Alba, ma quando mio padre morì e mia madre si risposò, ci trasferimmo nel villaggio del mio patrigno, ai piedi delle grandi e inaccessibili montagne. Giravano storie di creature malvagie che vivevano negli anfratti oscuri delle alture, ma io non ci avevo mai creduto.

Conoscevo già abbastanza mostri, avevano forma umana e condividevano il mio stesso tetto.

Più camminavamo, più il Sole si alzava in Cielo, più diventavo consapevole che il mio patrigno mi stava ingannando, che non c'era nessun uomo ricco in attesa dei suoi prodotti.

Dopo una curva, il mio patrigno spuntò da dietro una roccia per prendermi di sorpresa. Io ero pronta ma, prima che potessi sfilare il mio pugnale, mi colpì così forte che persi i sensi.

E mi svegliai legata al tronco di un albero.

La luce era più bassa, preannunciando l'imminente tramonto. Mi dimenai in silenzio, frenetici rantoli sfuggirono dalla mia gola deturpata. Il mio patrigno si palesò davanti ai miei occhi ed io mi sentii sollevata alla vista di un viso familiare soltanto per un secondo, prima di ricordare quanta malvagità avesse dentro di sé quell'uomo. Qualsiasi cosa fosse tra i suoi piani, rappresentava sempre un cattivo presagio sia per me sia per le mie sorelline. Se non fossi sopravvissuta, a loro sarebbe stato riservato il mio stesso destino.

«Sei sveglia», disse. «Giusto in tempo per l'affare.»

Provai a dimenarmi più insistentemente, ma le corde che mi tenevano immobilizzata erano troppo forti da allentare. Quando il mio patrigno iniziò ad avvicinarsi, realizzai che la sciarpa che indossavo per nascondere la cicatrice non c'era più, esponendo completamente quell'orrendo segno. Per abitudine, inclinai la testa di lato, piegando il mio peggior profilo contro la mia spalla.

Il mio patrigno ghignò.

«Così ripugnante» mi derise. «Credevo fosse impossibile trovarti un marito, ma almeno ho trovato un pazzo che ti toglierà dalla mia vista. Un gruppo di guerrieri che passava di qua ti ha visto, e vogliono sfogare tutta la loro lussuria sul tuo corpo. Chissà... magari, se li soddisferai, ti lasceranno viva. Ma dubito sopravvivrai a quegli uomini: sono stranieri, mercenari venuti a combattere per il re. I Berserker. Se sarai fortunata, la tua morte sarà rapida quando decideranno di farti a pezzi.»

Avevo sentito ciò che si vociferava sui quei temibili antichi guerrieri. Senza età né tempo, salpavano i mari per raggiungere la terra, dove uccidevano, schiavizzavano, combattevano per il nostro re e per se stessi. Nulla poteva intralciare il loro cammino quando venivano posseduti dalla loro furia omicida.

Lottai per non mostrare un solo accenno di terrore. I Berserker erano soltanto una leggenda, perciò era molto probabile che il mio patrigno mi avesse venduta, invece, a una banda di normali soldati di passaggio che avrebbero tratto piacere dalla mia carne prima di lasciarmi morente, o di rivendermi a qualcun altro che avrebbe fatto lo stesso.

«Avrei potuto venderti anche prima, se ti avessi spogliata e ti avessi messo un sacco sulla testa per nascondere quell'orrenda cicatrice.»

Mi toccò con le sue zampacce, ed io evitai il suo fiato disgustoso. Mi diede uno schiaffo e sciolse la mia treccia, lasciando che i capelli mi coprissero volto e spalle.

Legata com'ero, potevo ancora lanciargli rapidi sguardi, ma non fermare la mia vendita. Tuttavia, speravo che la mia espressione aguerrita potesse lasciargli intendere che avrei combattuto fino alla morte se avesse cercato di entrare dentro di me.

Le sue mani iniziarono a passeggiare sul mio petto in direzione del mio seno, quando un'ombra si mosse all'estremità della radura. Quella cosa catturò la mia attenzione, spaventandomi. Il mio patrigno indietreggiò spaventato mentre i guerrieri uscivano da dietro gli alberi.

Il mio primo pensiero fu che non si trattava di uomini, ma di bestie. Continuarono a farsi avanti, come sagome scure che si confondevano con le ombre. Alcuni indossavano pelli di animale e si trattennero indietro, accostandosi ai confini della foresta. Due avanzarono, con indosso le vesti da guerrieri, irte di armi. Uno aveva i capelli scuri, e l'altro una lunga chioma biondo sporco con la barba dello stesso colore.

I loro occhi si illuminarono di una luce terrificante.

Quando furono vicini, l'odore di carne andata a male e sangue aleggiò verso di noi, e il mio stomaco si contorse. In quel momento, ringraziai mio padre per avermi tenuta a digiuno per tutto il giorno, altrimenti avrei svuotato il mio stomaco sul terreno.

Il viso e il tono di voce del mio patrigno assunsero l'espressione lusinghiera che avevo già visto durante le sue vendite al mercato.

«Buonasera, signori», disse, facendosi piccolo davanti al più grande dei due, il biondo con i capelli che gli ricadevano sul petto.

Erano in perfetto silenzio, ma il biondo si avvicinò a me, scrutandomi con inusuali occhi dorati.

Avevano dei visi abbastanza belli, ma le loro forme imponenti e il modo agile in cui si muovevano mi tolsero il fiato: non avevo mai visto degli uomini così grossi. Accanto a loro, il mio patrigno sembrava uno gnomo.

«Questa è ciò che volevate» continuò il mio patrigno. «È in salute ed è abbastanza forte. Sarà una buona schiava.»

Il mio corpo avrebbe potuto tremare dal terrore se non fossi stata legata così saldamente.

Un guerriero dai capelli scuri si affiancò al biondo e i due si scambiarono un'occhiata.

«Avete chiesto quella con le cicatrici.»

Il mio patrigno mi prese i capelli in una mano e mi forzò a voltarmi, esponendo l'orribile segno argenteo. Chiusi gli occhi, le lacrime mi rigarono il viso a causa del dolore e dell'umiliazione.

A un tratto, la stretta del mio patrigno si allentò. Sentii un grugnito, e aprii gli occhi per vedere il guerriero moro in piedi accanto a me. Il mio patrigno era disteso a terra, come se qualcuno lo avesse spinto.

Il biondo colpì il fianco del mio patrigno con il suo stivale.

«Alzati» disse, con un tono molto più somigliante ad un ringhio che ad un suono umano. Mi si raggelò il sangue. Il mio patrigno, intanto, si contorse ai suoi piedi.

L'uomo con i capelli neri tagliò le corde che mi tenevano legata, ed io mi curvai in avanti. Sarei caduta se non mi avesse retta e rimessa dritta in piedi, tenendomi tra le sue braccia. Non ero la più piccola delle donne, ma lui era un gigante. Mi mantenne con delicatezza, nonostante il turgore dei muscoli delle sue braccia e del suo petto. Lo fissai, rapita dai suoi capelli corvini e quegli occhi dorati.

Mi strinse più vicino al suo corpo scolpito.

Intanto, il mio patrigno si lamentava. «Volevo soltanto mostrarvi le cicatrici—.»

Un nuovo terrificante ringhio venne fuori dalla gola del biondo. «A noi non piace quando viene toccato quello che è nostro.»

«Non voglio toccarla» sputò il mio patrigno.

Mio malgrado, mi strinsi all'uomo che mi stava reggendo. Un estraneo che non avevo mai visto prima in quel momento rappresentava per me un rifugio più sicuro di quanto potesse esserlo il mio patrigno.

«Desidero solo che restiate soddisfatti, signori. Ne volete

un assaggio?» chiese il mio patrigno in tono malvagio. Voleva vederli farmi a pezzi.

Un grugnito rombò sul mio orecchio e alzai lo sguardo automaticamente. Chi erano quegli uomini, quei grandi guerrieri che avevano pagato per comprarmi? Le braccia intorno al mio corpo erano forti e solide, ineluttabili, ma gli occhi dorati che mi guardavano dall'alto sembravano gentili. Il guerriero mi accarezzò le labbra con un il pollice, e il suo tocco mi parve delicato, fin troppo per un uomo così grosso e con sembianze tanto violente. Sotto quell'odore di sangue, profumava di neve e di un pungente aroma di pulito.

Poggiò il viso contro la mia testa e inspirò profondamente.

Il biondo ci stava guardando.

«È lei» ringhiò l'uomo dai capelli neri, con la sua voce così gutturale. «È quella giusta.»

Una delle sue mani mi coprì un lato della faccia e della gola, poggiando il mio viso contro il suo petto con un gesto protettivo.

Chiusi gli occhi, rilassandomi al tepore del suo corpo da guerriero.

Un tintinnio d'oro, e l'affare fu fatto: ero stata venduta.

* * *

Quasi immediatamente, il guerriero iniziò a trascinarmi via.

Lottai contro il mio crescente panico, ritrovandomi a pregare di poter rivedere almeno un'ultima volta una faccia familiare che non fosse quella del mio patrigno.

«Addio, Brenna» ghignò il mio patrigno mentre i guerrieri gli passavano accanto, seguendo il loro capo biondo nella foresta.

«Aspetta» tuonò il biondo, fermandosi. Nello stesso

momento gli altri guerrieri bloccarono il mio patrigno prendendolo per le braccia. «Il suo nome è Brenna?»

«Sì, ma l'hai comprata, quindi puoi chiamarla come più ti pare.»

Il guerriero con i capelli scuri mi tirò con sé. Lo seguii riluttante, barcollando accanto a lui. Avevo le unghie conficcate nei palmi delle mani, nel tentativo di evitare di farmi prendere dal panico. Lottare con il gigante che mi ritrovavo accanto non era un'opzione, come non lo era sfuggirgli.

Il biondo si unì a noi, e i due guerrieri mi portarono nell'oscura foresta. Terribili pensieri si ammassarono nella mia testa. Appartenevo a quegli uomini, e avrebbero potuto anche stuprarmi, saziarsi con il mio corpo per poi tagliarmi la gola e lasciare il mio cadavere ai lupi.

Avevo gli occhi pieni di lacrime, sia per rabbia che per paura.

Si fermarono tutti insieme e mi posizionarono tra loro. Chiusi gli occhi prevedendo il peggio, e le lacrime mi rigarono il viso, sfuggendo al mio controllo.

Mentre guarivo dall'attacco, riuscivo a produrre alcuni orribili suoni, quasi animaleschi, ma erano così brutti che smisi di provarci del tutto. A volte, quando ero da sola, mi stendevo sul letto del fiume, aprivo la bocca e cercavo di urlare, consapevole che non sarebbe uscito nessun suono dalla mia bocca. La mia voce era, ormai, solo un ricordo.

Adesso, l'unico suono nella foresta era il mio respiro affannato.

Percepii i guerrieri accanto a me, ad entrambi i lati, le loro enormi figure che torreggiavano sul mio corpo fragile. Ero molto più piccola di loro, soprattutto accanto alle loro forme così imponenti.

In quel momento cercai di ricordare come respirare e di dovermi sottomettere a quegli uomini: un solo colpo e mi avrebbero fatta fuori.

Il mio cuore batteva così forte che mi faceva male. Ero pronta a morire.

Ma quando mi toccarono, lo fecero con una delicatezza inaspettata. Una mano mi accarezzò i capelli, poi la mascella. Una era poggiata sulla parte bassa della mia schiena mentre l'altra mi sorreggeva la testa, spostandola da una parte all'altra, lentamente. Quella dietro di me mi raccolse i capelli, spostandoli dietro le spalle. Trattenni il respiro mentre i due guerrieri mi maneggiavano in quel modo.

Mi accorsi che l'odore di sangue era sparito, lasciando spazio a un altro aroma, uno muschiato molto più piacevole.

Un dito percorse il mio collo, tracciando una linea vicino alla cicatrice. Sospirai, ma le mani scivolarono via dalla mia pelle.

I loro volti si avvicinarono al mio, ed io percepii il loro respiro addosso, come se stessero annusando i miei capelli.

«Profuma di buono» grugnì uno dei due.

Non capivo. Avevo paura di loro, nonostante loro non mi stessero facendo nulla.

«Sta funzionando» uno mormorò all'altro. «La strega aveva ragione.»

Più affondavano il naso tra i miei capelli per annusarmi, più il mio cuore batteva veloce a causa della loro vicinanza. Qualcosa, però, si mosse dentro di me. Desiderio. In qualche minuto, da sola con quegli uomini, avevo già avuto un'esperienza molto più intima con l'altro sesso di quanto mi fosse mai capitato prima.

Mentre entrambi inclinavano la testa verso di me nello stesso momento, strofinando dolcemente il naso sul mio collo, un formicolio si fece strada sotto la mia pelle.

Poi la sentii, un'agitazione improvvisa nel mio ventre. Da quando avevo fatto il mio ingresso nell'età adulta, il mio desiderio era diventato molto più forte. Ogni mese combattevo contro la voglia di trovare un uomo per gioire insieme a lui. Ero rivoltante e destinata ad essere sola, un'emarginata ma, ad ogni Luna piena, il mio corpo diventava vivo, assalito da onde di torbida lussuria che mi scuotevano finché non mi sentivo abbastanza disperata da agguantare l'uomo più vicino e pregarlo di darmi dei figli.

Il calore mi si versò addosso finché non sentii un sussulto —uno dei guerrieri indietreggiò improvvisamente.

«È pronto» ringhiò uno di loro. Anziché spaventarmi, quel suono mi eccitò.

Cosa stava succedendo?

«Non qui, fratello» gracchiò il biondo.

Senza rispondergli, quello con i capelli scuri mi trascinò via.

Camminammo per un po', spingendoci attraverso la foresta vicini ad un fiumiciattolo. Il calore dentro di me svanì mentre camminavo, indebolita dalla fame e dalla tensione, barcollando sui miei piedi esausti.

Il guerriero dai capelli scuri si fermò, ed io trasalii, aspettandomi che mi intimasse di continuare a camminare.

Invece mi indicò di avvicinarmi a lui. Di nuovo, le sue mani percorsero il mio corpo per raggiungere il collo e scostarmi i capelli dietro le spalle. Sussultai quando realizzai cosa stesse facendo: stava osservando la mia cicatrice.

Involontariamente, strattonai la testa e lui mi lasciò andare, offrendomi dell'acqua. Mantenne la borraccia per lasciarmi bere e, una volta finito, mi offrì della carne essiccata che aveva nel palmo della mano. Fissai i suoi strani occhi dorati, incapace di fermare il mio volto dall'esprimere la domanda che mi stava tormentando: *Chi sei? Cosa ne farai di me?*

Quando terminai, posò una mano sul suo petto ed emise un suono gutturale che non capii. Lo ripeté due volte, poi la sua mano si posò sul mio, di petto.

«Brenna.» Riuscì a malapena a pronunciare il mio nome, ma annuii.

L'ombra di un sorriso gli increspò le labbra piene. Si tolse dalle spalle il mantello di pelle grigia che indossava e lo mise su di me prima di prendermi di nuovo tra le sue forti braccia.

Il mio cuore batteva forte. Il calore del mantello invase il mio corpo stanco, mentre l'enorme uomo mi teneva stretta. Ero ancora spaventata, ma rimasi docilmente nell'abbraccio del guerriero dai capelli scuri. Non osai lottare.

I cespugli attorno a noi ondeggiarono e i guerrieri ci circondarono. Io mi strinsi al mio rapitore dai capelli neri, ma lui, stringendomi come per darmi coraggio, mi costrinse a voltarmi verso colui che sembrava essere il capo.

Il biondo era così alto che fui costretta ad alzare lo sguardo il più in alto possibile per osservarlo in volto. Si mosse in avanti ed io non riuscii a trattenermi dal tremare così forte che sarei caduta se il guerriero con i capelli scuri mi avesse lasciata andare. Tutti i miei istinti mi urlavano che era un selvaggio, una bestia pericolosa e che avrei dovuto fuggire.

Lui si avvicinò ed io mi tirai indietro.

La sua mano si arrestò a mezz'aria.

Deglutì, come se stesse cercando di ricordare come far funzionare le sue corde vocali.

«Brenna.» Il mio nome non fu nulla di più di un ringhio sommesso. «Non vogliamo farti del male.»

Lo scrutai da capo a piedi, studiandolo. Gli altri guerrieri erano imponenti, ma il biondo era davvero enorme. Nonostante i suoi muscoli, che pulsavano ad ogni suo movimento, camminava quasi leggiadramente. Lunghe ciocche di capelli biondi gli accarezzavano le spalle larghe, il suo viso era snello e coperto per metà dalla sua folta barba, dello stesso colore delle sopracciglia che incorniciavano quegli occhi meravigliosi.

Quando il suo sguardo si incastrò nel mio, fu proprio in quegli occhi che notai uno strano luccichio.

Le sue mani mi circondarono il volto, con un pollice mi accarezzò le labbra più volte, lentamente. Scostò i capelli dal mio collo ed io chiusi gli occhi, consapevole di cosa vedesse: i solchi bianchi e la pelle ruvida, condensati in una sfigurante cicatrice che mi aveva preso la voce e per poco anche la vita.

Ricordavo a malapena quell'attacco: un'enorme ombra scura si era fiondata su di me, spuntando dal nulla. Poi, solo dolore. Tanto dolore. Mia madre mi aveva raccontato che ero stata in bilico tra la vita e la morte per giorni. Nessuno pensava che sarei sopravvissuta, e invece ce l'avevo miracolosamente fatta.

Molti ripetevano che sarebbe stato meglio lasciarmi morire. Anche se guarii dall'attacco, le cicatrici non andarono mai via dal mio corpo, e dalla mia vita. I ragazzini presero presto ad inseguirmi per strada, per tirarmi cose addosso. Sono cresciuta imparando a nascondermi tra le ombre, muovendomi silenziosamente così da evitare di attirare l'attenzione su di me. E quando alla fine mia madre decise di sposare il mio patrigno, imparai a scappare e nascondermi.

Il suo corpo è abbastanza carino, aveva detto il mio patrigno una volta. *Basta che le metti un sacco sulla testa, e te la puoi fare.*

E adesso i miei nuovi padroni mi sfioravano il viso così, studiando la mia cicatrice senza nessun accenno di volerla nascondere. Lo vidi annuire, e sembrava soddisfatto. «Il marchio del lupo», gracchiò.

Un mormorio si alzò tra gli altri uomini, e i guerrieri si fecero più vicini. L'uomo dai capelli neri mi tenne ancora stretta a sé, le sue braccia forti a circondare il mio corpo.

Avrei tanto voluto poter avere la libertà di chiedere cosa avesse mai potuto voler dire il guerriero dai capelli biondi.

Gli uomini mi circondarono, tutti i loro occhi fissi sulla mia orrenda cicatrice.

Il mio rapitore lasciò andare finalmente la mia testa, ed io subito la piegai sul mio collo, punta dalla vergogna. La sua mano ruvida trovò di nuovo la mia faccia, alzandomi la testa, ma stavolta non la tenne stretta: la sua mano avvolse la mia guancia con delicatezza.

Io chiusi gli occhi. Non avevo neanche la forza di piangere. Appartenevo a quell'uomo, ormai. Mi ero rassegnata all'idea di vivere la mia vita con una faccia sfigurata, senza nessuno che potesse mai volermi o amarmi, ma mai prima di quel momento avevo pensato di dovermi rassegnare all'idea di essere venduta come schiava.

«Brenna», il ringhio basso arrivò alle mie orecchie come un comando. «Guardami.»

In qualche modo trovai la forza di obbedire, e incontrai lo sguardo fermo del capo. C'era qualcosa in quegli occhi dorati che riusciva a catturarmi, a calmare i miei nervi.

«Non avere paura» disse velocemente con qualche difficoltà, come se dovesse sforzarsi per riuscire a parlare. «È vero che non puoi parlare?»

Annuii.

«Sai leggere, o scrivere?»

Io scossi la testa. Quella era di gran lunga la conversazione più strana che avessi mai avuto in diciannove anni di vita.

Lui sembrò frustrato dalle mie risposte, e scambiò qualche sguardo con il guerriero che mi stringeva tra le braccia.

Una voce mi arrivò dritta dentro l'orecchio, sempre bassa e rauca, ma stavolta più chiara di prima. «Ci piacerebbe trovare un modo per parlare con te.» Mi girò per permettermi di guardarlo, ed io mi ritrovai a trasalire quando vidi la sua mano alzarsi; ma l'unica cosa che fece fu esaminare la mia cicatrice proprio come aveva fatto l'uomo dai capelli biondi prima di lui.

Per quando smise di toccarla, tutti gli altri guerrieri eccetto per il biondo erano spariti. Capelli scuri mi sfiorarono il volto ed io feci una smorfia, realizzando solo in quel momento di avere una ferita provocata dai colpi del mio patrigno.

Il biondo si avvicinò a noi, e un suono si alzò dal suo petto, simile ad un grugnito.

«Brenna», disse. «Non ti faremo del male. Te lo prometto. Nessuno ti farà del male. Mai più.»

L'uomo dai capelli scuri prese qualche ciocca dei miei capelli tra le dita, stringendole delicatamente e portandosele vicino al viso. Annusò il mio profumo, poi mi guardò negli occhi, una scintilla ad illuminare i suoi, e parlò di nuovo, la voce chiara.

«Appartieni a noi adesso.»

* * *

IL RESTO della notte fu un susseguirsi vago di eventi. Camminammo per la foresta, immersi nel buio, seguendo un cammino a me sconosciuto. I guerrieri mi stavano avanti e dietro, ed io mi trovavo al sicuro in mezzo a loro.

Quando alla fine la stanchezza mi prese e caddi a terra, il guerriero dai capelli scuri mi prese all'istante, e il passo del gruppo si fece più veloce. Sentii la sua mano salire sul mio collo, portando la mia fronte sul suo.

Caddi probabilmente in un sonno profondo, perché quando alla fine aprii di nuovo gli occhi, erano le braccia del biondo a tenermi stretta. Alzai la testa, strizzando gli occhi alla luce della Luna e all'aria fredda della notte. I guerrieri dovevano aver passato la notte a camminare, e stavano ancora andando, seguendo un sentiero sulla montagna. Mi alzai un pochino, guardando il capo dagli occhi dorati fisso negli occhi.

«Dormi», lo sentii grugnire. «Siamo quasi a casa.»

* * *

Non saprei dire per quanto dormii, ma dormendo ho sognato. La luce delle stelle divenne sempre più scura. Mi trovavo in un posto caldo e sicuro, con due guerrieri a circondarmi, abbassandosi su di me, mani grandi a toccare i miei capelli. Uno dei due tirò fuori un coltello, e tagliò la mia gonna, poi le sue mani cominciarono a scivolare sul mio corpo. Il loro tocco fece esplodere il mio desiderio, e nel sogno mi ritrovai a desiderare di tirare i loro corpi su di me, pregandoli silenziosamente di riempirmi

Ma invece restai ferma, lasciando le loro dita a toccarmi con reverenza. Li sentii parlare, ma non ad alta voce. Non stavano usando parole, e nonostante ciò in qualche modo riuscivo a capirlo.

«La strega aveva ragione. Riesce a calmare il lupo.»

Un grugnito fu la risposta di assenso, poi il silenzio. «Riesco a sentire il suo calore.»

«Pazienta, fratello. Abbiamo aspettato così a lungo.»

Si coricarono ad entrambi i miei lati, con le mani ancora intente a toccarmi. Nell'oscurità riuscivo a vedere i loro occhi brillare.

«Fratello» disse uno, con tono meravigliato. «La bestia riposa.»

«Così fa anche la mia.»

«È passato così tanto tempo...»

«Fin troppo tempo. Ma adesso quel momento è finito. La bestia, finalmente, tornerà a dormire di nuovo.»

CAPITOLO 2

Mi svegliai sotterrata da morbidezza, il mio corpo fin troppo caldo. Sudore colava sul mio seno scoperto. La mia gonna era sparita; essere stata spogliata dai guerrieri, alla fine, non era stato solo un sogno.

Quando mi mossi toccai un corpo disteso di fronte a me, e i miei occhi si spalancarono di colpo: un guerriero era coricato accanto a me, il suo corpo completamente rilassato. Eravamo coperti da pelli spesse e calde, dentro una stanza buia se non per un piccolo camino acceso. Durante la notte dovevo essermi girata verso il guerriero dai capelli scuri, perché tra il mio petto scoperto ed il suo c'era ora poco più di un respiro di distanza.

Stiracchiandomi lentamente, allontanai di poco la coperta spessa da sopra il mio corpo.

Il suo corpo era caldissimo a contatto col mio. Mi tirai indietro leggermente, e gli occhi del mio compagno di letto si aprirono di scatto, il suo sguardo scintillante mentre attaccava gli occhi ai miei. Lo guardai di rimando senza neanche un briciolo di paura. Avevamo condiviso insieme soltanto una notte e neanche mezza giornata, ma mi sentivo al sicuro dentro il suo sguardo caldo e amichevole. Il suo sorriso prometteva una vita da schiava migliore di quella che mi sarei potuta aspettare.

«Brenna» mi chiamò lui, e la sua voce, rauca a causa del sonno, arrivò alle mie orecchie forte e chiara. «Come hai dormito?»

Io annuii. Lui si girò di lato, il suo viso contro il mio, e il suo petto muscoloso occupò tutta la mia vista. Una parte di me avrebbe voluto allontanarsi immediatamente, ma ricordai a me stessa che quest'uomo di fronte a me era il mio nuovo padrone. In un modo o nell'altro lui avrebbe fatto ciò che voleva, di me. E poi, stavo parecchio comoda sotto le pellicce.

Il guerriero si fece più vicino, i suoi occhi castani farsi d'un tratto più brillanti. Così vicino riuscivo a contare ogni singola ciglia scura sulle sue palpebre. Piano, come se potesse spaventarmi, lui alzò la sua grande mano e accarezzò il mio viso con una gentilezza che non pensavo potesse appartenergli. Abbassai gli occhi, lasciandomi accarezzare, sentendo le sue mani scendere sul mio viso e tirare indietro i capelli.

Per quanto potesse sembrare strano, coricata accanto ad un uomo che non avevo mai visto prima, che mi aveva recuperata nel bosco come fossi stata un pacco da consegnare, mi godetti il momento come se tutto ciò non avesse alcun peso. Essendo stata una reclusa per gran parte della mia vita, non mi era mai capitato di essere toccata così. Era una bellissima sensazione.

Mi resi conto troppo tardi che lui stava osservando la mia cicatrice. Quando me ne accorsi, però, mi affrettai a nasconderla.

«Sh, ferma. Non ti farò del male.»

La mia mano salì su in fretta a coprire la parte lesa del collo e della faccia.

Lui mi guardò negli occhi, con occhi dolci. «Non ti piace?»

Io scossi la testa. Quella cicatrice era stata la mia rovina, la mia maledizione. Mi aveva resa troppo brutta per poter essere data in moglie anche al più povero dei ragazzi del villaggio; buona solo per essere una schiava.

La mia mano pressò più forte sul collo, ma lui la tolse via dal mio viso, ed io non potei fare a meno di sentirmi a disagio mentre lui esaminava le piaghe tutt'intorno ad essa. Per quanto volessi sottrarmi a quella tortura, mi costrinsi a stare ferma. Quest'uomo non era il mio amante, non era un amico. Era un guerriero, una persona che aveva pagato per comprarmi. Avrei fatto bene a tenerlo sempre a mente, se volevo avere anche una sola possibilità di sopravvivere.

Lo scopo di questa mia nuova vita era quello di compiacere i miei nuovi padroni. Quanto più a lungo fossi riuscita a farlo, più sarei rimasta viva, e più alte si sarebbero fatte le mie possibilità di fuga.

Mi aggrappai forte a questo unico pensiero, gli occhi fissi sul mio compagno di letto, cercando di trattenere le lacrime.

«Non è così brutta come pensi, bambina. È solo un piccolo marchio. Ti rende diversa, certo, ma solo questo non basta per nascondere la tua bellezza.»

Sbattei le palpebre. Nessuno mai mi aveva chiamata "bella", prima di quel momento. Il guerriero afferrò dolcemente la mia mano, ancora ferma sul mio viso, e ne baciò il palmo, la sua barba leggera a solleticarmi la pelle. Le sue labbra si curvarono in un sorriso malizioso, la pelle intorno agli occhi increspata dal movimento.

Con quel sorriso soltanto sentii calore prendere possesso di tutti i miei posti segreti. Il mio grembo si strinse, pieno di desiderio.

L'onda di desiderio che provai fu così improvvisa e scioccante che di riflesso provai ad allontanare la mia mano.

Lui non me lo permise: girò la mia mano, e cosparse di baci il mio polso, succhiando leggermente il lembo di pelle da cui era percepibile il mio battito accelerato. Lui riuscii a sentirlo: il suo sorrisetto me lo fece capire.

«Sì, così, Brenna. Così si fa la brava bambina» disse, gli occhi infuocati dal desiderio, accesi come mai ne avevo visti prima in vita mia.

Mio malgrado, mi spostai, sentendo l'eccitazione accumularsi sotto forma di umidità tra le mie gambe.

Lui si fermò, annusando l'aria. Se prima avevo pensato che i suoi occhi fossero dorati, erano dieci volte più infuocati quando avvicinò la testa a me. Lentamente piegò la testa, pronto a toccare la mia bocca con la sua... Ammaliata da quei bellissimi occhi, non avrei potuto muovermi nemmeno se ci avessi provato.

Qualcosa dietro di me si mosse ed io trasalii, poi fui presa dal panico. Intravidi delle ciocche bionde mentre cominciai a dimenarmi. C'era un altro uomo nel letto. A causa della mia concentrazione sul guerriero dai capelli scuri, non avevo notato la seconda figura massiccia.

Prima che potessi alzarmi, quello dai capelli scuri mi afferrò, tirando il mio corpo tremante di nuovo sulle pelli.

«Stai ferma», mormorò un'altra voce.

Mi congelai immediatamente. Quel suono animale mi fece rizzare i capelli sulla nuca.

L'uomo dai capelli scuri avvolse le braccia muscolose intorno al mio busto. La sua coscia si appoggiò sulle mie gambe, bloccandomi completamente. «Calma, bambina». sussurrò al mio orecchio. «È soltanto Samuel.»

Girai lentamente la testa verso Samuel e incontrai lo sguardo selvaggio del guerriero.

«Ti ricordi di Samuel? Ti ha portato su per la montagna. Non ferire i suoi sentimenti: diventerà scontroso e ti terrà il broncio per tutto il giorno.»

Aggrottai la fronte, confusa, finché non capii che mi stavano prendendo in giro. Sotto la barba corta, la bocca di Samuel si ammorbidì un po' dalla sua espressione seria.

«Cominci senza di me, Daegan?»disse a suo fratello guerriero parlando sopra la mia testa.

«Solo un piccolo bacio.» Il guerriero dai capelli scuri mi fece rotolare sulla schiena in modo da poter guardare entrambi. Deglutii a fatica, cercando di non mostrare attraverso la mia espressione quanto fossi intimorita.

Loro torreggiarono su di me, uno scuro e l'altro biondo. Uno serio e intenso, l'altro con un luccichio malizioso negli occhi.

I loro tocchi divennero più audaci. Una mano si posò sul mio fianco.

La cosa peggiore fu la reazione del mio corpo. Mi mossi trepidante mentre una fitta di calore mi attraversava. Cercai di respingerla, chiudendo gli occhi.

«Apri», grugnì uno dei guerrieri, scostandomi i capelli dal viso.

Lo feci e mi ricompensò, chinandosi come per baciarmi. Invece, inspirò profondamente, poi alzò la testa.

«Così buona» commentò a suo fratello.

«Proprio come aveva detto la strega.»Samuel fece scorrere un lungo dito sul lato del mio volto.

«Lo senti?»

«Sì che lo sento» confermò il biondo. Le loro voci erano ancora roche e profonde ma erano diventate più forti.

Il guerriero dai capelli scuri si alzò per sistemarsi accanto a me mentre mi sdraiavo, guardando in alto verso di lui.

«Brenna», disse, mettendomi una mano sul petto come aveva fatto la sera prima. La sua voce fu molto più chiara del grugnito gutturale che mi aveva lasciato sentire in precedenza.Si mise la mano sul petto, e stavolta compresi il suo nome.«Daegan.»

Sembrava aspettare una mia risposta, così annuii.

«Samuel»disse l'altro.

Come nel mio sogno della notte prima, le loro mani cominciarono ad arrampicarsi su e giù per il mio corpo. Partendo dal viso e scendendo lungo entrambe le braccia, i loro palmi toccarono e accarezzarono la mia pelle.

Quella di Samuel sfiorò il mio seno, facendomi inturgidire il capezzolo. Io trasalii.

«Shhh, rilassati» disse il biondo. «Va tutto bene.»

«Così adorabile» aggiunse Daegan, lasciando scorrere un solo ditolungoil mio braccio, contatto che causò brividi in tutto il mio corpo. «Ti piace il nostro tocco, piccola?»

Sbattei le palpebre verso di lui, timorosa di annuire o scuotere la testa. A una parte di me piaceva, ma l'altra sapeva che non avrei dovuto. Stava succedendo tutto così in fretta.

«Sei nostra adesso, Brenna. Ti abbiamo comprata perché desideravamo una donna con cui condividere il nostro letto. Crediamo tu sia quella giusta» disse Samuel.

«Obbedisci, ragazza, e noi ti daremo attenzioni e protezione... E ti daremo piacere.»

Rimasi immobile, cercando di capire le loro parole. Gli eventi della notte prima e del giorno seguente mi confondevano ancora i pensieri.

Daegan avvolse la sua mano intorno alla mia caviglia ed io dovetti sforzarmi per non scalciare.Era la sua caviglia ora, da accarezzare o stritolare a suo piacimento.Ero la loro schiava.

La paura dovette attraversarmi il viso, perché Samuel parlò con un tono rassicurante. «Calma Brenna, concediti a noi. Ti abbiamo aspettata a lungo.»

Sbattei le palpebre. Avevano aspettato me?

Il grande Capo clan mi accarezzò la guancia. «Ti possediamo ora, e ci prenderemo cura di te e ti proteggeremo. Non ti accadrà mai nulla di male.»

Il suo pollice si avvicinò al mio labbro e percorse la pelle morbida. Il mio cuore batteva forte, ma non solo per la paura.

Sospirò. «Vorrei che tu potessi parlarci. Darei qualsiasi cosa per conoscere le tue domande, per togliere la paura dai tuoi occhi.»

Provai a rilassarmi. Quegli uomini mi avevano comprata, ma ora cercavano di confortarmi.

Samuel si spostò su di me e mi inchiodò con quello sguardo intenso. Daegan si posizionò alla mia testa, cullandola nell'incavo del gomito e giocherellando con i miei capelli.

«Adesso ci occuperemo di te.» Samuel si sollevò sopra di me e tirò via la pelle dal mio corpo. Non riuscivo a muovermi, come se mi fossi pietrificata dalla paura. Giacevo nuda davanti a quei grandi guerrieri, che gioivano delle mie carni con uno sguardo dorato.

«Bellissima» disse Daegan, e passai dall'essere terrorizzata all'eccitata in pochi secondi.

Samuel si piegò in modo che i suoi capelli sfiorassero la parte alta delle mie cosce e chinò la testa. Sembrava mi stesse annusando.

Cercai di chiudere le gambe, ma lui le tenne aperte. Daegan mi sollevò, in modo da potermi tenere per metà sul suo grembo, con la testa contro il suo petto. Si sporse in avanti e poggiò i palmi sulle mie cosce per tenerle separate per il suo fratello guerriero.

Sentendomi in trappola, iniziai a dimenarmi. Nonostante le loro parole gentili, non conoscevo quegli uomini o ciò che mi avrebbero fatto.

«Brenna» Samuel trasformò il mio nome in un ordine. «Stai ferma. Non ti faremo del male. Sei il nostro bene più prezioso.»

Daegan accarezzò il mio interno coscia.«Ancora non lo sai, ma lo scoprirai presto.»

Samuel passò le dita sulla mia intimità. «Questa appartiene a noi, ora.» Mosse un po' le mani e i miei fianchi si agitarono di loro spontanea volontà, in risposta al tocco.

Se avessi potuto gridare o emettere un piccolo gemito di piacere, l'avrei fatto.

Troppo presto, tolse le sue dita per annusare i miei umori, poi li assaggiò.

La mia bocca si aprì in un sussulto, e questo fu troppo per Daegan. Una mano lasciò la mia coscia e mi afferrò delicatamente i capelli, girandomi la testa per potermi baciare. Le sue labbra toccarono le mie, dapprima sfiorandole in modo invitante, poi inclinò la testa per approfondire il bacio. Mi bloccai per lo shock del mio primo bacio.

Si staccò da me con una luce maliziosa negli occhi. «Ti piace?»Alzò un sopracciglio, quasi sfidandomi a dire di no.

Lo fissai e basta.

Samuel quasi sorrise.

«Fammi provare di nuovo.» Daegan sorrise per intero, prima di chinarsi e stuzzicare le mie labbra con la sua lingua. Una sensazione di calore si fece strada dentro di me.

«Tocca a me» disse Samuel chinandosi in avanti. Daegan mi cullò, mentre l'altro omone mi accarezzava il viso, portandomi in avanti con il tocco delicato delle sue dita prima di poggiare le sue labbra sulle mie. Come suo fratello, sapeva di buono e di pulito, e quando le mie labbra si aprirono, la sua lingua scivolò nella mia bocca.

Quando il bacio finì, respiravo a fatica. Del calore umido si era accumulato tra le mie gambe.

Samuel si prese il suo tempo, baciandomi ancora, poi offrendo la mia bocca a Daegan.Le loro mani si muovevano senza sosta sulla mia pelle, accarezzandomi le braccia, i seni, i fianchi e la vita, poi giù lungo le gambe. Con quattro mani e due bocche gemelle, non lasciarono inviolata nessuna parte di me... una soltanto.

Dopo un po' le mie gambe si aprirono da sole, esponendo la mia intimità che implorava le loro attenzioni.

Il calore crebbe in me più forte che mai, il fuoco veniva alimentato dai coinvolgenti tocchi di due uomini. Respinsi le sensazioni come avevo sempre fatto, lottando per rimanere me stessa, per aggrapparmi a Brenna. Ogni bacio, ogni tocco, ogni colpo di lingua sul mio collo o ginocchio non faceva altro che farmi perdere un po' di più.

Samuel si tirò indietro per un momento ed io sbattei le palpebre davanti a quella tregua. I suoi lunghi capelli ricadevano su un petto imponente. Daegan aveva una corporatura più piccola, anche se non di molto. Ogni movimento evidenziava muscoli su muscoli, snelli e scolpiti.

Erano uomini forti, con vite dure, ed io dovevo giacere con entrambi.

Si meravigliarono della mia morbidezza, commentandola mentre mi accarezzavano.

«Così liscia... Senti qua.»

Le mani toccarono il mio seno e inarcai la schiena, il mio respiro divenne più veloce come per chiedere di più senza parole.

«Una così bella ragazza. Così perfetta per noi.»

Le grandi mani di Samuel tracciarono la curva del mio fianco.

«Perfezione.» Le dita di Samuel passarono tra le mie gambe, il più leggero dei tocchi. «Rilassati, dolcezza, ora ti daremo piacere.»

Alle sue parole, il mio corpo ebbe un sussulto.

«Dovremmo legarla?»

Daegan mi coccolò più da vicino. «Dobbiamo legarti, ragazza? So che sei giovane e spaventata, ma ora sei nostra.

Faremo del tuo corpo ciò che vogliamo, e ce ne prenderemo sempre cura. Guarda, adesso Samuel ti darà piacere.»

«Ti sottometterai a noi, Brenna?»

Annuii. Che altra scelta avevo?

I tocchi del gigante si avvicinarono ai miei punti segreti e fui pervasa da un'eccitazione che non avevo mai provato prima. Divenni una creatura vuota di tutto, tranne che di desiderio.

Mi spaventò. Samuel si fermò quando le mie mani in preda al panico afferrarono le sue.

Daegan mi bloccò i polsi ed io sbalzai contro di lui, terrorizzata. «Respira, Brenna. Il mio fratello guerriero sta per darti piacere. Non puoi opporti. Rilassati e concediti a noi.»

Le sue mani mi tennero le gambe aperte, Samuel si stese tra esse, tra le quali sentii un respiro caldo. Prima dei baci sul mio ginocchio, poi una lingua a lambire la mia intimità. Quel contatto si trasformò in leccata. Era così bello che non potevo lottare contro le braccia ferree che mi tenevano. Né volevo farlo. Il desiderio e la paura avevano lottato dentro di me, e il desiderio ne era uscito vincitore.

Daegan mi lodò mentre mi rilassavo. «Brava ragazza, Sei stata creata per questo.»

«Sei nata e destinata a noi, e ti abbiamo aspettata così a lungo», Samuel aggiunse, poi mordicchiò l'interno delle mie cosce, avvicinandosi alla mia fessura umida. Quando la sua bocca arrivò a destinazione, ero già bagnata e pronta per lui.

Sapevo poco di come si facesse l'amore, avevo visto coppie farlo nei boschi o intuito qualcosa da battute volgari che avevo sentito. Poi ci furono gli incontri violenti con il mio patrigno prima che decidessi di reagire.

Ma non avevo mai sentito tanta premura e dolcezza nelle mani di un uomo, tanto meno di due guerrieri che potevano uccidermi tanto rapidamente quanto accarezzarmi.

Mentre le dita di Daegan disegnavano cerchi sui miei

capezzoli, la sua bocca mi baciò spalle e collo. Le sue labbra scivolarono sulla mia cicatrice ma ormai non me ne importava più.

Samuel trovò un altro paio di labbra, più in basso, che sfiorò con la lingua, e la mia eccitazione salì alle stelle. Il mio respirò cambiò, diventò languido e carico.

Una piccola parte di me lottò contro il mio crescente desiderio, cercando di mantenere la lucidità. Due uomini mi tenevano nel loro letto, deliziandosi del mio corpo.

Il bisogno scorreva dentro di me, il calore che mi invadeva ogni mese da quando ero diventata donna con il mio primo mestruo. Durante la Luna piena, i miei seni diventavano più pesanti e mi faceva male tutto il corpo... non di dolore, ma di piacevole desiderio. Se non lo controllavo, avrei potuto uscire e correre come un animale, come un cane al quale il mio patrigno aveva dato il mio nome.

Non potevo permetterlo, ma ora due uomini mi stavano tentando.

«Lasciati andare, piccola. Donaci il tuo piacere» sussurrò Deagan con voce roca. Le loro labbra, lingue e dita erano insistenti, inarrestabili. Mi sentivo sempre più vicina all'orlo del precipizio.

Ansimai mentre esplodevo in mille pezzi. Il piacere inondò il mio mondo, portandomi sempre più su, oltre le mere sensazioni.

Tornando alla realtà, realizzai che ero io quella che gridava. Presa dal piacere, la mia gola si era aperta e ne erano usciti dei suoni. Suoni gutturali, terribili. I suoni di una bestia.

Chiusi forte gli occhi, vergognandomi. Perdere il controllo era più umiliante che essere sfregiata a vita, essere venduta dal mio odiato patrigno, che lasciare che due uomini mi dessero piacere. Dovevo ricordare chi ero. Dovevo stare all'erta per poter fuggire. Le mie sorelle contavano su di me.

≤Apri gli occhi, Brenna», ordinò Samuel.

I due uomini sembravano soddisfatti di loro stessi.

Il dito del biondo mi accarezzò la guancia per asciugare una lacrima, alla vista della quale aggrottò la fronte.

«Oh, piccola» si strinse a me Daegan, con i capelli sparsi sul mio corpo nudo. «Va tutto bene, sei al sicuro qui.»

«È molto da comprendere», disse Samuel. «Ma ti abbiamo aspettata per tanto, tanto tempo.»

CAPITOLO 3

opo il mio orgasmo, Samuel si coprì velocemente con la coperta di pelle. Daegan mi aiutò ad alzarmi in piedi e mi condusse, ancora nuda e con i capelli sciolti, fuori dalla caverna di pietra, poi per una sala che conduceva ad un'altra caverna.

Lì, della luce proveniva dai bracieri accesi e dal fuoco. La sala aveva una sorta di luce naturale, e mi affrettai con Daegan sentendo la fredda roccia sotto i piedi.

Eravamo all'interno di una montagna. Qualcuno doveva aver scavato quel posto nella roccia. Avevo sentito parlare di nani che vivevano sulle colline, ma pensavo fossero solo una leggenda.

I miei seni erano duri e il mio corpo tremava quando entrammo in un'altra stanza. E l'aria calda e vaporosa mi accolse. Ci trovavamo in un'altra caverna, in cui dell'acqua calda gorgogliava direttamente dalla roccia.

Daegan mi rivolse un mezzo sorriso.«Ti piace, ragazza?»

Feci un cenno con la testa, con gli occhi spalancati. Essendo un'emarginata a malapena tollerata, spesso mi isolavo nella foresta e facevo il bagno in un ruscello del bosco. Le mie abitudini igieniche mi facevano sembrare strana.

Tuttavia, sembrava che anche quei guerrieri apprezzassero un bel bagno.

Su suo incoraggiamento, entrai in acqua, lasciando che il suo calore mi lambisse le gambe. Nel punto più profondo, la piscina mi arrivava alla vita. Daegan mi lasciò giocare al caldo, spruzzando e sdraiandomi sulla schiena in modo che l'acqua mi coprisse fino al collo.

Chiusi gli occhi e immaginai di essere a casa, o in qualche bel posto lussuoso, una principessa senza alcuna preoccupazione al mondo.

Un rumore di spruzzi mi fece alzare in piedi. Daegan entrò in acqua, il corpo nudo che la tagliava in una linea retta verso di me. Il calore nei suoi occhi mi fece arrossire.

Abbassai il mento per nascondere il collo e mi coprii il petto con le braccia. A parte le cicatrici, sapevo che il mio viso e il mio corpo erano attraenti. Quando si erano stancati di tirarmi pietre e di prendermi in giro, i ragazzi del villaggio cercavano di trovarmi mentre facevo il bagno. Avevo imparato a coprirmi, soprattutto quando il calore si impadroniva di me. Durante quei momenti di profondo desiderio, ammiravo la pelle soda e intatta del mio ventre e dei miei seni, la curva del mio sedere e le gambe forti. Da sola, in preda al desiderio, mi sentivo bellissima.

Mi ero sentita così a letto tra i due guerrieri, mille volte di più.

La vista del guerriero che si stava avvicinando, eccitato e impetuoso, con l'acqua che scorreva sul suo corpo duro e muscoloso, mi rese improvvisamente timida. Il mio cuore batté forte, e mi voltai di schiena, fingendo di esplorare la caverna. Come mi aspettavo, la sua mano mi accarezzò la schiena, ricordandomi quanto poco fossi stata toccata durante tutta la mia vita. Fino a quel momento.

Mi voltò verso di lui.

«Hai fame?»

Scossi la testa.

«Io sì.»Mi tirò tra le sue braccia e chinò la testa verso il basso, nutrendosi delle mie labbra, mordicchiandole delicatamente prima di separarle e far scivolare la sua lingua all'interno. Il suo corpo premette contro il mio, e il calore si impossessò di nuovo di me mentre il suo bacio e la sua vicinanza spazzavano via il mio controllo. Se i miei occhi marrone chiaro avessero potuto brillare come i loro, sarebbero stati roventi e lucenti di desiderio.

Quando ruppe il bacio, mi aggrappai a lui, con le braccia intrecciate attorno al suo collo così che non potesse allontanarsi.

«Oh, piccola», ringhiò, poggiando il viso nell'incavo del mio collo. Sembrava inalare il mio profumo come se fossi la fonte del suo ossigeno.

Ci fu un rumore ed entrambi alzammo la testa. Samuel stava in piedi sul bordo dell'acqua, con gli occhi dorati che brillavano, il suo enorme corpo nudo eccetto che per un perizoma.

«Vedi il mio fratello guerriero?» sussurrò Daegan. «Sta aspettando che lo inviti a unirsi a noi.»

Mi aggrappai alle braccia di Daegan.

«Abbiamo entrambi bisogno di te, piccola» disse in un respiro. «Vuoi che venga anche lui?»

Il mio nuovo padrone voleva che acconsentissi a qualcosa. Annuii.

Samuel slacciò il suo perizoma e intravidi la sua enorme asta prima che entrasse in acqua. Il membro di Daegan, invece, mi era appoggiato contro il sedere, duro e pronto.

Qualcosa in me si ruppe, come una corda d'arco improvvisamente disfatta.

Mi dimenai all'indietro tra le braccia di Daegan, sapendo

di non poter scappare ma dovendoci almeno provare. Mi allontanò da lui proprio quando Samuel si fermò al mio fianco. Le braccia di entrambi gli uomini mi circondarono dolcemente.

«Ci desideri, piccola?»

Deglutii a fatica.

«È spaventata», disse Samuel.

«Non importa. È nostra ora.»

Le mani di Daegan mi sfiorarono i fianchi e mi accarezzarono i seni, lisciando la pelle. Mio malgrado, mi rilassai al suo tocco, anche se fissai lo sguardo dorato di Samuel. I suoi occhi erano così lucenti.

Le mani di Daegan scivolarono in basso per bloccarmi i fianchi. Samuel si avvicinò, si chinò e mi baciò. Era troppo: le mani di Daegan che mi accarezzavano la schiena, quelle di Samuel sul viso, la bocca sulla mia che mi divorava.

L'eccitazione si riversò su di me come fuoco. Le mani di Samuel scesero sulle mie gambe, Daegan mi afferrò i fianchi e i due uomini mi sollevarono.

«Adesso ti possederemo» sussurrò Daegan. «Conoscerai il tuo piacere, e il nostro.» La mia testa ricadde sul petto di Daegan mentre Samuel si posava contro la mia intimità bagnata.

Il suo membro si strofinava su e giù, e chiusi gli occhi, sentendo ogni parte di me stringersi.

Lui lasciò cadere le mie gambe. «Non qui» disse al suo fratello guerriero.

Daegan mi porse a Samuel e il biondo mi sollevò, portandomi rapidamente di nuovo nella stanza con le pelli. Le mie braccia si avvolsero intorno al suo collo, mentre rimasi concentrata sui suoi occhi dorati.

«Calma, tesoro» mi sussurrò. «Non c'è bisogno di aver paura.»Mi appoggiò sulle pelli e mi fece indietreggiare. «Ci assicureremo che proverai piacere.»

Di nuovo, accarezzarono su e giù le mie gambe, convincendomi ad aprirle. Questa volta lasciai che la mia testa si piegasse all'indietro e la mia mente andasse alla deriva per godermi quelle mani che mi massaggiavano la pelle.

«Bella» disse qualcuno accanto alla mia testa. Aprii gli occhi: Daegan si chinò su di me per baciarmi. Aveva un sapore dolce.

Intanto Samuel mi cosparse di baci la gamba fino a raggiungere le mie morbide labbra tra le cosce, trovando e lambendo il mio bocciolo del piacere. Con un guerriero sopra e uno sotto, a dominarmi e ad imporsi, l'orgasmo mi si rovesciò addosso, mentre ancora Samuel lavorava tra le mie gambe. Le labbra di Daegan mi mordicchiarono il collo, nel punto in cui potevano sentirsi i miei battiti, prima di spostarsi sul mio orecchio per infilare la lingua all'interno. Quel movimento riverberò nella mia intimità, già dilatata. La mia bocca si aprì in un lamento muto.

«Così, piccolina» disse Daegan, la sua voce roca quasi gentile. «Accetta il tuo piacere. I tuoi padroni lo comandano.»

Crebbe di nuovo, e lievitai verso il precipizio una terza volta prima che Samuel si sistemasse tra le mie gambe e si posizionasse sulla mia apertura. I miei occhi si spalancarono ma, debole dal piacere, non riuscivo a muovermi.

Si spinse in avanti, solo la punta mi dilatava. Poi si fermò e grugnì.

«Così stretta.»

Daegan si sdraiò accanto a me e sollevò le ciocche di capelli dal mio collo per potervi attaccare la sua bocca e succhiarlo. La sensazione era troppo forte. Inarcai la schiena, cercando di liberarmi, e Samuel scivolò dentro di me.

Era una sensazione meravigliosa.

Samuel spinse di più e si chino su di me, con un forte gemito.

«Così bello» ansimò. «È passato così tanto tempo.»

Nonostante tutte le attenzioni che aveva avuto Samuel nel prepararmi, non si trattenne quando cominciò a spingere. I suoi muscoli contrassero mentre entrava dentro di me, un costante avanti e indietro che cullava il mio corpo sulle pelli. Il mio corpo lo accettò, sprigionando umori dalla mia calda intimità.

I miei muscoli si strinsero sul suo membro spesso.

«Brenna»,sospirò con venerazione. Una grande mano si poggiò sul mio petto, scivolando giù fino al mio fianco. Afferrò entrambe le natiche e si spinse più intensamente dentro di me.

Mi aggrappai alle pelli. Lui perse il controllo, penetrandomi in profondità per liberarsi dentro di me.

«Così bello» ripeté. La sua voce era tornata ad essere un ringhio rauco. Si chinò e mi lasciò un bacio sulle labbra, mentre Daegan prendeva posto tra le mie gambe.

Scivolai in un altro mondo intanto che il guerriero dai capelli scuri mi cavalcava velocemente e con forza. Samuel giocava con i miei capelli, mi passava un dito sulle labbra per spargerci su i miei umori. Il suo dito stuzzicò la mia bocca ad aprirsi e mi obbligò a succhiarlo, quando Daegan si precipitò a finire. Una volta che il guerriero dai capelli scuri venne in un grido, si abbassò per massaggiare il mio piccolo bocciolo. Era troppo, e cercai di afferrare il suo polso per fermarlo, ma Samuel tenne le mani lontano.

Sul viso di Daegan si formò un sorriso quando il piacere mi pervase ancora una volta. Tremai interamente.

Giacevo floscia sulle pelli, sudata ed esausta, mentre i guerrieri si congratulavano con se stessi.

«Ah, fratello.... Mi sento di nuovo un uomo» disse Daegan.

«La strega diceva il vero.»Samuel suonava davvero soddisfatto.

«Che bella ragazzina.» Daegan si gettò sul letto accanto a me. «Eri proprio ciò di cui avevamo bisogno.»Mi baciò, le sue labbra si spostarono dalla bocca al mio collo. Risistemandosi, sorrise a Samuel da sopra di me.

«Per quanto ami il nostro odore su di lei, il nostro amato tesoro ha bisogno di un altro bagno.»

«Ma prima un pisolino.» Daegan sembrava felice. Nessuno dei due guerrieri sembrava affatto stanco.

Assonnata, mi assopii un po', sentendo il mio corpo compiaciuto sempre più pesante.

Realizzai che Daegan aveva baciato la mia cicatrice. Mi tirai i capelli umidi sul collo per nasconderla, e ripensai agli ultimi minuti trascorsi, cercando di ricordare cosa avessi fatto. Avevo urlato? L'estasi mi aveva strappato un orribile suono dalla gola? Mi ero concessa a loro ancora una volta. Avevo perso il controllo.

I guerrieri erano ancora stesi accanto a me, parlando tra loro, con i membri che sventolavano nell'aria, lucidi dei miei umori.

Copiose lacrime mi sgorgarono dagli occhi.

«Oh, piccola» disse Daegan. «Va tutto bene.»Mi strinse a sé, con la schiena attaccata a lui e girandoci simultaneamente così da stenderci sul fianco, di fronte a Samuel.

Il biondo mi accarezzò i capelli, con aria triste. «Mi dispiace, Brenna» disse. «Avrei voluto che fosse andata diversamente. Ci sarebbe piaciuto corteggiarti.»

Sbattei le palpebre verso di lui.

«Ma non poteva essere.» Le sue dita percorsero le mie labbra. «Non c'era più tempo.»

CAPITOLO 4

Quando mi svegliai da quello che Daegan aveva chiamato pisolino, il guerriero dai capelli neri era andato via. Alzai lentamente la testa, osservando ciò che mi ricordavo. Le ultime... ore? Giorni? Mi avevano travolta e non avevo avuto il tempo per assimilare tutto.

Se non fossi stata sdraiata su un letto di pellicce, avrei creduto fosse tutto soltanto un sogno.

La predella ricoperta di pelli si trovava al centro della stanza, che in realtà era una grande caverna, scavata nella roccia. Insieme al camino, dei bracieri di ferro si ergevano come sentinelle intorno alla stanza, fornendo ancora più luce e calore. Chiunque avesse progettato la stanza aveva trovato un modo per far circolare liberamente l'aria, perché l'ambiente non era soffocante neppure con il fuoco.

Il letto odorava ancora di sesso, dolci umori appiccicati sulle pellicce. Il mio corpo era riposato, ma appiccicoso, coperto dagli schizzi dei guerrieri.

Avevano spalmato il loro sperma viscido sulla mia palle mentre mi spiegavano perché mi avevano presa come schiava.

«Siamo guerrieri, mercenari», mi aveva detto Samuel. «Abbiamo lottato per molti sovrani, e ora che il Re Rosso governa in pace, ci siamo ritirati qui. Quest'intera montagna è la nostra casa.»

«Volevamo una donna»aveva detto Daegan con un mezzo sorriso.

Samuel aveva annuito.«Abbiamo interpellato una strega che potrebbe fare al caso nostro. Ci ha parlato di te, una donna con il marchio del lupo.»Aveva passato dolcemente un dito sul mio viso, rasentando la mia cicatrice. I capelli mi erano ricaduti, a coprire il segno e lui si era spostato. «Eri tu, Brenna. Abbiamo cercato e cercato, e alla fine ti abbiamo trovata. Il tuo patrigno avrebbe accettato dei soldi. Abbiamo tentato la sua avidità e ti abbiamo presa.»

Cercai di non sembrare sconvolta. Avevano usato una strega per trovarmi? Perché?

Avevano cercato me? Proprio me? Non riuscivo a crederci.

«Perciò vedi, Brenna, sei stata scelta.»

Nessuno mi aveva mai voluta, tanto meno cercata.

«Vogliamo te, piccola»aveva detto Daegan. «Quando ti abbiamo trovata, sapevamo che saresti stata nostra.»

Samuel aveva annuito. «Imparerai le nostre abitudini e diventerai nostra. Non ti mancherà mai nulla, finché ci obbedirai.»

«È una vita dura, ma non è così male.»Daegan mi aveva accarezzato il seno prima di guardare con occhi speranzosi nei miei.

Si comportavano come se avessero paura che non li avrei accettati. Ma non mi avevano dato scelta. La loro felicità rappresentava la mia sopravvivenza.

Dopo la nostra chiacchierata, Samuel era andato via e Daegan mi aveva dato dell'altro cibo e acqua, trattandomi come un animale domestico coccolato, prima che si addormentasse accanto a me. Io ero rimasta sveglia ancora un po', a pensare a tutto ciò che mi avevano detto, e alla fine avevo ceduto alla mia stessa stanchezza.

Ora ero sveglia nella camera vuota. Il fuoco bruciava poco ma faceva ancora abbastanza caldo per uscire dal letto ed esplorare. Mi portai una pelliccia intorno alle spalle, anche se non c'era motivo di essere pudica.

L'ingresso aperto della caverna conduceva a un corridoio, e mi chiesi cosa sarebbe successo se avessi osato provare ad uscire, nuda e scalza e senza alcuna idea di cosa ci fosse oltre la porta. Camminai lungo la linea di bracieri, controllando che non ci fossero crepe sulle pareti della camera alla ricerca di una via di fuga.

Più che sentire, percepii qualcuno dietro di me. Un brivido mi corse lungo la schiena, un fremito che mi fece rizzare i capelli sulla nuca. Non ero sola.

Mi voltai, ma era soltanto Samuel che si alzava dalla pedana di pelli, ormai sveglio. Non dovevo aver notato il suo grande corpo sulla pedana, mentre dormiva coperto dalle pellicce.

L'enorme guerriero si sedette sul bordo del letto, strofinandosi una mano sul viso.

«Il lupo dorme» mormorò. «Erano anni che non riposavo così.»

Lo guardai fisso.

«Vieni qui, Brenna.»

Il leader biondo sembrava più severo di Daegan, ma proprio quest'ultimo mi aveva detto di non aver paura di lui. Mi obbligai a incrociare il suo sguardo e a fare passi decisi verso la pedana fino a trovarmi davanti a lui. Se le mie mani avessero stretto un po' di più la pelliccia intorno alle mie spalle, forse non se ne sarebbe accorto.

Sollevò un angolo della bocca quando mi fermai a un braccio di distanza da lui.

«Hai dormito bene?»

Annuii.

La sua mano si allungò per toccarmi il viso, poi lo inclinò di lato. Chiusi gli occhi, sforzandomi di non piangere. Odiavo ancora che qualcuno esaminasse la mia cicatrice.

Mi coprì il collo con la sua grande mano, le dita ferme sulla carotide.

«Non è così grave» disse. «È solo una cicatrice. Anched io ne ho molte.»

Lo fissai. Era orribile. Non aveva bisogno di dirmelo.

Sospirò.

«Vorrei tanto poterti parlare.»

La mia mano percorse gli ampi muscoli del suo petto. Un dito trovò una cicatrice nodosa.

Mi rivolse un mezzo sorriso appena accennato. «Quella è di una freccia in battaglia. Non l'ho sentita in quel momento, ma sono collassato subito dopo. Mi ci sono voluti tre giorni per tornare in piedi.»

Accarezzai la carne segnata. Tolse la mano dal mio collo, prese la mia e la baciò.

«Perciò vedi, Brenna, le cicatrici non sono segni di vergogna. Sono segni d'onore. Segni che noi siamo sopravvissuti.»

Mi spostai i capelli dal collo, pensando alle sue parole.

Si alzò e mi invitò a restare nella stanza. «Non è sicuro per te avventurarti fuori, tesoro. Capisci?»

Io annuii, e lo lasciai per vederlo tornare con del cibo. Fui felice di non aver messo alla prova quella regola.

L'odore di carne arrostita riempì la stanza e il mio stomaco brontolò. Allungai una mano per prendere una focaccia e Samuel si offese.

«Voglio nutrirti, come ha fatto Daegan.»

Fu umiliante, per questo arrossii. Poi aggrottai la fronte. Mettendo il broncio, allungai di nuovo la mano verso la focaccia.

«Ora, piccola... Sottomettiti al mio volere. Se sarai cattiva, verrai punita.»Non sembrava arrabbiato, ma soddisfatto. Mi sistemò sul suo enorme grembo e portò ogni boccone di cibo alla mia bocca. Io mangiai, morso dopo morso, spesso interrotti da un bacio. Le sue labbra si posavano giocosamente sulle mie. Non era sgradevole, solo fastidioso: ero una donna adulta, potevo nutrirmi da sola.

Quando era distratto, presi del cibo e glielo offrii.

Il suo sorriso divenne più ampio e il suo petto muscoloso fu scosso da una risata. «Siamo testardi, eh? Beh, questo è un bene. Abbiamo bisogno di una donna grintosa.»

Io imboccai lui e lui lo fece con me, come si fa con i bambini. Lui lo sopportava, si divertiva persino, se non altro perché lo trovava divertente.

Quando finimmo, mi accoccolai su di lui, e questo sembrò rendere felice anche l'uomo. Mi accarezzò e giocherellò con i miei capelli, rilassato e senza fretta.

Stavo iniziando a capire cosa intendevano quando dicevano che li calmavo. Quelli erano guerrieri abituati ad andare di battaglia in battaglia. Doveva essere bello tornare a casa da una donna che potevano trattare come un piccolo animale domestico. Immaginai che comprare una schiava per il loro piacere fosse molto più conveniente di lasciare la montagna per cercare una prostituta.

Sospirai, e Samuel mi scostò i capelli dal viso.

«Cosa stai pensando, tesoro? Vorrei tanto saperlo.»

Per la prima volta nella mia vita, ero felice di essere muta, così da non potermi costringere a rivelarglielo.

Invece ci baciammo, poi la sua mano si insinuò tra i nostri corpi per trovare la mia intimità già umida. La accarezzò finché non mi si offuscò la vista e la mia bocca si spalancò. Poi si rintanò sotto le coperte per portare la sua bocca tra le mie gambe, leccandomi fino a farmi sentire quel familiare impeto di piacere; poi si arrampicò su di me, posse-

dendomi col suo enorme corpo che cullava il mio, dominan-
domi, reclamandomi.

Una volta finito, rimasi a riposo per un po' e lui andò a
prendere dell'acqua. Mi chiesi pigramente se fosse notte o
giorno.

Samuel tornò e mi risistemò sul suo grembo.

«Non eri vergine», disse in tono deciso. «Hai avuto un
amante?»

Scossi la testa, le mie mani lisciarono i capelli che copri-
vano la cicatrice.

Lui aggrottò la fronte. «Abusava di te, vero? Tuo padre?»

Patrigno, lo corressi in silenzio e annuii. Il mio sguardo si
piantò in terra e mi voltai dall'altra parte, lasciando che i
capelli mi cadessero sul viso. Il mio padrone biondo li portò
indietro con una carezza gentile.

«Non potevi urlare.»

Avevo lottato, però. Le mie sorelle sarebbero state capaci
di combattere come avevo fatto io?

Samuel fraintese la mia angoscia.«Sei al sicuro adesso.
Non ti toccherà mai più.»

Le sue parole non servirono a rassicurarmi. Anche in quel
momento il mio patrigno sarebbe tornato a casa e gli avrebbe
detto... cosa? Che ero morta? Che degli uomini mi avevano
presa?

I gemelli erano giovani, ma la sorella più piccola di me,
Fleur, avrebbe intuito la verità: il mio patrigno mi aveva fatta
fuori, in un modo o nell'altro. Sarebbe stata abbastanza intelligente da tenere a freno la lingua, o avrebbe parlato e
sarebbe stata picchiata? In quanto tempo il mio patrigno
avrebbe cominciato a molestarla e poi sarebbe passato ai due
più giovani?

«Ehi.» Il mio padrone biondo mi prese il mento. Ricac-
ciai indietro le lacrime, cercando di concentrarmi di nuovo
su di lui. Non riuscivo a non pensare alla mia vecchia vita,

ma dovevo focalizzarmi sulla sopravvivenza e poi sulla fuga.

«Ora stai bene, tesoro. Non lascerò che ti accada nulla.»Quest'ultima frase uscì fuori come un ringhio, e nascosi il brivido al ricordo del tipo di uomo che controllava la mia vita.

«Hai molto da imparare, ma ti insegneremo noi. La strega ha scelto bene.»

La sua mano guidò il mio viso in avanti, ed io mi sottomisi ai suoi baci, anche quando la sua bocca si spostò lungo il mio collo, poggiandosi sulla cicatrice. Quei guerrieri ne erano ossessionati.

Per distrarlo, feci qualcosa di audace. Abbassai la testa e baciai il segno della freccia sul suo petto. Lui ansimò quando feci roteare la lingua sulla ferita in rilievo.

«Oh, tesoro. Sei fatta per noi. Saremo buoni con te, lo prometto.»

Mentre mi baciava di nuovo, Daegan entrò a grandi passi nella stanza. Ci separammo per guardare il guerriero dai capelli scuri che si spogliava della giubba e degli stivali. Notai una traccia di argento nella sua barba nera, che si abbinava alla pelliccia di lupo argentea che indossava.

«Com'è andata la caccia?» chiese Samuel.

Daegan scrollò le spalle, prendendo un sorso d'acqua e pulendosi la bocca subito dopo. I suoi occhi erano fissi su di me, illuminati d'oro.

«Vai da lui, Brenna» ridacchiò Samuel. «Dai un bacio a mio fratello.»

Gattonai tra le pelli, sorridendogli per salutarlo. L'uomo dai capelli scuri mi rivolse un mezzo sorriso e accettò il mio casto bacio, poi mi prese la testa tra le mani e lo approfondì.

Quando ebbe finito, posò la sua fronte contro la mia per un momento. «Grazie, piccola.»La sua voce sembrò tornare, perché lui e Samuel parlarono della caccia e di altri guerrieri per alcuni minuti, mentre Daegan mangiava della carne, offrendomene dei pezzi. Accettai in silenzio, attenendomi al mio ruolo, le mie orecchie attente a qualsiasi indizio utile per la mia fuga.

Alla fine, Daegan si abbassò e mi tirò delicatamente una ciocca di capelli.«Ti stai divertendo, Brenna?»

Esitai, poi annuii timidamente.

«Sei molto bella.»

Questa volta il complimento non mi fece imbarazzare. Quegli uomini erano guerrieri che stavano in un accampamento in cima alla montagna. Era ovvio pensassero che l'unica donna nel raggio nei paraggi fosse la cosa più bella che avessero potuto vedere.

Gli sorrisi e mi alzai sulle ginocchia, sporgendomi verso di lui. Posai una mano sul suo petto, sentendo i suoi muscoli contrarsi sotto il mio palmo mentre lo baciavo. Sapeva di selvaggio e di bosco. Ne volevo ancora. Inclinai la testa, come aveva fatto Samuel, e baciai l'angolo della sua bocca, chiedendogli di approfondire l'esplorazione della sua lingua.Lui mi premiò, baciandomi appassionatamente.

Quando finimmo, ero rovente. Sentii a malapena Daegan commentare. «Impara in fretta.»

«Proprio così.»

«Il mio lupo è tranquillo». osservò Daegan, tenendomi ancora stretta a sé.

«Anche il mio.»

«Meglio che cercare un prete per esorcizzare il demone» disse Daegan con un'occhiata sorniona a Samuel. «Tutte quelle preghiere e quei sacrifici... E invece ciò di cui avevamo bisogno era soltanto una dolce ragazza con cui giacere.»

Samuel ringhiò, un suono infelice. Il mio corpo si irrigidì.

Per un attimo nessuno parlò. La stanza sembrò raffreddarsi.

Le mani di Daegan si mossero su e giù per la mia schiena, e l'angolo della sua bocca si arricciò in un sorriso appena accennato.

«Ho turbato il mio fratello guerriero.»Daegan mi fece voltare verso il biondo, che stava fissando le pareti di pietra, rimuginando. «È un tuo dovere farlo sentire meglio. Vai da lui, Brenna.»

Il mio padrone dai capelli scuri mi rimise in piedi e mi spinse dolcemente. Per percorrere quella breve distanza ci vollero secoli. Fissai la linea rigida delle spalle di Samuel.

Ma quando lo raggiunsi e posai una mano sul suo braccio, lui si rilassò.

«Tesoro» sospirò, attirandomi tra le sue gambe grosse e muscolose. «Così dolce e pura.»

Nonostante fosse seduto sulla roccia mentre io ero in piedi, era comunque più alto. Mi sporsi per baciarlo, sentendo la sua barba, più morbida di quanto sembrasse, sfiorarmi il viso.

Le sue grandi mani mi cinsero la testa. Aspettai che ricominciasse a baciarmi, che mandasse le sue mani in esplorazione in modo da stuzzicarmi fino al piacere e prepararmi a farmi montare, ma sembrava felice anche solo tenendomi vicino.

Daegan si spostò per la caverna, per alimentare i bracieri.«Forse puoi raccontare la storia alla nostra piccola salvatrice.»

Samuel lanciò al suo fratello guerriero un'occhiata seccata, ma la tensione tra loro svanì quando cominciò a parlare.

«Sono nato nel Cammino del Nord. Dall'altra parte del mare, a pochi giorni di navigazione. Lì avevo una vita e una famiglia, ma ero un guerriero al servizio del mio re.»

«Dille il tuo nome» disse Daegan con una risata.

«Era Sigmund, in onore del padre di mio padre.»Un

sorriso velato apparì sulla bocca di Samuel, solo per svanire subito dopo. «Poi arrivò una strega—una volva, come le chiamiamo noi norvegesi—che faceva incantesimi per il nostro re. Disse che ci avrebbe resi invincibili. Facemmo il meglio per essere i migliori, degni dell'incantesimo. Quando arrivò il momento, ci trasformò in mostri.»La sua mano mi accarezzava distrattamente i capelli.

«Grandi guerrieri», disse Daegan. «Inarrestabili con la loro furia omicida.»

«Sì» rispose dolcemente Samuel. «Ma la bestia si nutre della nostra umanità.»Il biondo cadde in un silenzio pensieroso.

Daegan si avvicinò per spiegare il resto. «Samuel ha lasciato la Norvegia per combattere al servizio del suo re, e alla fine mise in vendita la sua spada. Quando l'ho incontrato per la prima volta, dichiarò fedeltà al Cristo Bianco, e cambiò il suo nome da Sigmund a Samuel.»Daegan guardò il suo fratello guerriero. «Pensavi che la magia Cristiana ti avrebbe guarito.»

Il biondo annuì tristemente. «Non lo pensavo soltanto. Ci credevo fermamente.Ho digiunato e pregato, ma la bestia diventava sempre più forte.»

«L'abbiamo domata.»

Samuel alzò gli occhi dorati per guardare i miei. «Brenna l'ha domata.»

«Sì.»

Corrugai la fronte, guardando prima l'uno poi l'altro.

«Tu plachi il lupo» disse Samuel.

Annuii. Sapevo fosse importante, anche se non capivo.

«Piccola, non sai quanto sei preziosa.»

Poi Samuel si stancò di parlare, perché mi cinse il viso e lo baciò, lasciandomi appoggiare alla pressione delle sue labbra. La sua bocca si impossessò della mia, una promessa silenziosa di cose buone, prima di baciarmi il collo per succhiare la tenera pelle. La mia testa ricadde all'indietro, ma Daegan era lì, a tirarmi indietro i capelli e baciarmi la spalla.

Realizzai troppo tardi che le sue labbra avevano percorso tutta la mia cicatrice.

Fu il mio turno di irrigidirmi, e il loro di calmarmi.

«Vieni, piccola.» Daegan mi condusse nella caverna di sorgenti dove mi lavò a fondo, strofinando olio in ogni mia fessura e asciugandolo prima di ordinarmi di sciacquarmi.

Obbedii, felice di lavare via il loro seme, anche se avevo la sensazione che presto avrebbero voluto ricoprirmene di nuovo.

Quando finì, Daegan mi porse l'olio e lo strigile.

«Tocca a te, ragazza.» Mi rivolse un mezzo sorriso e si voltò di schiena. Per un bel po' di tempo, strofinai le mani sull'ampia distesa della sua schiena, godendomi ogni muscolo. Il grande cumulo di muscoli della sua spalla, quelli lunghi e magri lungo la schiena e quelli piccoli e nodosi accanto alle costole.

Quasi fece le fusa mentre lo ungevo, accigliandosi un po' mentre rimuovevo con cura l'olio usando lo strigile. Si tuffò nella piscina, schizzando e poi rialzandosi, scuotendo via l'acqua dai suoi capelli.

Aspettai al bordo della piscina, e lui mi fece cenno di raggiungerlo, sorridendo quando esitai. I miei capelli erano quasi asciutti.

Venne verso di me, nuotando e facendo schizzare le gocce d'acqua, con un'espressione giocosa in volto. Indietreggiai di qualche passo, poi decisi di rischiare e corsi via.

Mi riacciuffò dopo pochi passi, mi prese sulla spalla e mi portò nella piscina, lanciandomi al suo interno. Mi rialzai dall'acqua infastidita, cominciando a capire perché Samuel a volte guardava il suo fratello guerriero con frustrazione. Scossi l'acqua, schizzandolo un po'.

Mi afferrò di nuovo. «Piccola, hai la metà del coraggio necessario per combattere con me.»

Non so cosa m'avesse preso, ma finsi di morderlo.

I suoi occhi si accesero e lottò con me, con movimenti veloci e leggeri, ma al contempo giocosi. Si notava non stesse usando tutta la sua forza.

Eppure, quando mi lanciò di nuovo in acqua, mi dimenai e nuotai lontano, emergendo di tanto in tanto per mostrargli la lingua. Con occhi vivaci, mi inseguì con un ringhio e, per un momento, mi spaventai sul serio ma, quando mi prese, le sue mani mi toccarono delicatamente.

«Presa», ringhiò, e il mio cuore prese a battere forte. «Sei mia ora.» Mi prese in braccio e mi portò sulla pietra asciutta per poggiarmi su una roccia piatta. Mi distesi davanti a lui come se fossi un sacrificio su un altare, con un peso sul petto. Cosa ne avrebbe fatto di me?

«Ora stai ferma, Brenna. Prenderò la mia ricompensa.»

Rimasi immobile mentre lui andò a prendere alcune cose, ma non potei fare a meno di mettermi seduta e rannicchiarmi un po' quando poggiò due oggetti accanto a me: il barattolo dell'olio e una lama.

«Shhh, va tutto bene, ragazza.Calmati. Sto per raderti.»

Il suo tono mi fece rilassare, ma le sue parole penetrarono nel mio cervello e mi alzai di scatto. Mi fermò per farmi sdraiare di nuovo.

«Ora, Brenna...»

«Hai bisogno di aiuto, fratello?» entrò Samuel, con un perizoma a coprirgli i fianchi enormi. Prima che me ne accorgessi, il biondo sedeva alla mia schiena, sostenendomi per tenermi le gambe aperte.

«Shhh»,Samuel mi zittì mentre Daegan versava l'olio, «Fai la brava per il mio fratello... guerriero.»

«Non farà male, piccola» mi disse Daegan con dolcezza. Le sue dita mi accarezzarono le labbra in basso, ungendole generosamente d'olio. «Non muoverti e non ti toccherò con la lama. Sarai liscia e morbida per noi.»

Con un sorriso perverso, Daegan iniziò ad affilare la lama. Mi contorsi sul grembo di Samuel.

«Ferma, Brenna.» La voce dell'uomo mi congelò. «Questo è ciò che desideriamo. Tu obbedirai.»

«E, se non lo farai, sarà un piacere punirti» aggiunse Daegan con un occhiolino.

Spalancai gli occhi. Tutto il tempo in cui avevano parlato di prendersi cura di me, e oraminacciavano di picchiarmi?

Samuel sospirò e spiegò la presa in giro di Daegan. «La punizione non sarà dura.»

«Solo una piccola sculacciata.»Daegan sembrò deliziato a quella possibilità. «Anche se ti brucerà un po' il sedere perché è bagnato. È questo ciò che vuoi, Brenna?»

Scossi la testa.

«Brava ragazza. Adesso stenditi e rilassati, e ti renderò tutta liscia da farti leccare.» Il guerriero dai capelli neri si avvicinò con la lama, ed io mostrai il mio dissenso dandogli un calcio.

«Oh, attenta, ragazza: il coltello è affilato.»

Ma non ero dell'umore per essere placata. Il giorno prima ero riuscita a sentirmi più a mio agio con i guerrieri, e avevo dimenticato buona parte della mia paura, ma in quel momento Samuel mi tenne più stretta, la sua mano si avvicinò alla mia bocca, e lo morsi.

Lui si limitò a ridacchiare e me la chiuse con la mano. «Ci mordi già? Non sei in preda alla passione. Oh, tesoro sei così coraggiosa.»

Prima che me ne accorgessi, mi aveva stesa sulle sue ginocchia e mi aveva sculacciato il sedere solo una volta. Non fece male ma sapevo fosse un avvertimento.

«A te la scelta, Brenna. O ti arrendi alla rasatura, oppure

verrai punita. Posso sculacciarti per tutto il tempo e con tutta la forza che vuoi.»

Presi la mia decisione, agitandomi e cercando di lottare per scendere dal suo grembo. I miei sforzi non fecero la differenza: un'enorme gamba bloccò la mia, e mi bloccò le mani che si agitavano prima di darmi un altro schiaffo sul sedere. Sussultai al forte contatto, non abbastanza forte da bruciare, ma intenso.

«Uno.»

Mi dimenai e lui mi colpì l'altra natica abbastanza forte da costringermi a recuperare fiato. «Due.»Il bruciore mi attraversò, dicendomi di fermare quel folle esperimento, ed io obbedii.

Lasciai che il mio corpo si rilassasse sulle sue gambe in segno di sottomissione.

Daegan ridacchiò. «Sembra abbia imparato la lezione.»

La rabbia divampò in me. Sembrava che, di fronte alle loro attenzioni e al loro trattamento gentile, avessi perso ogni briciolo di buon senso.

Samuel portò la sua mano sul mio viso. «Baciami per ringraziarmi di averti punita.»

Lo osservai, poi cercai di nuovo di morderlo. Una mossa stupida, lo capii presto.

«Non proprio» disse Samuel a Daegan, correggendolo. «Ma lo farà presto.» La grande mano dei biondo si abbatté su di me, coprendo ogni centimetro del mio sedere. Lo schiaffo faceva male ma ovviamente il guerriero non stava usando nemmeno un briciolo della sua forza totale. Non era per nulla simile alle percosse che mi aspettavo, infatti era quasi piacevole perché ogni tanto il guerriero si fermava e mi massaggiava il sedere. Il massaggio attenuò il leggero bruciore. Dopo alcuni minuti, mi sentii calda e rilassata, anche quando gli schiaffi di Samuel raggiunsero un crescendo. I colpi scesero sempre più forte, poi si fermarono.

«Ci siamo quasi?» chiese Daegan.

«Sì.» Le dita di Samuel mi scivolarono tra le gambe. «È bagnata.» Giocò tra le mie pieghe finché non sollevai un po' i fianchi.

«Allora, Brenna? Sei pronta a fare la brava? Se starai buona ti premieremo…»

Mi permisi di rilassarmi sul grembo di Samuel.

«Ragazza intelligente» disse Samuel in una risata, accarezzandomi schiena e natiche. Qualsiasi minimo dolore che avevo sentito svanì rapidamente, lasciandomi soltanto un profondo, doloroso desiderio.

Arrossii e il mio corpo si rilassò quando Samuel mi aiutò ad alzarmi. I due guerrieri mi tennero tra loro e finirono di rasarmi una volta avermi sottomessa, desiderosa di venire.

«Ecco fatto. Tutta liscia.» Sentii un respiro caldo soffiare sulla mia intimità seguito da un sospiro. «Ora la tua ricompensa.»

Daegan si prese il suo tempo, facendo roteare la sua lingua sulla mia vagina appena rasata mentre Samuel mi teneva e accarezzava i miei seni.

Nonostante la mia posizione obbligata e il mio sedere castigato, mi sentivo al sicuro e a mio agio. In pochi giorni, quei guerrieri mi avevano trasformata in un perfetto oggetto di piacere. Mi meravigliai di quanto fossi felice nel mio nuovo ruolo. Per la prima volta nella mia vita, mi sentivo veramente amata e accettata.

Quell'improvvisa illuminazione mi fece sussultare. La preoccupazione si impossessò di me, anche se non poteva durare a lungo nel mio stato di rilassamento. I legami della gentilezza e dell'amore erano molto più pericolosi della violenza e delle percosse. Mi avrebbero trattenuta lì, facendomi dimenticare chi fossi davvero: Brenna, sfregiata e venduta come schiava, l'unica a potersi frapporre tra le mie sorelle e il mio lascivo patrigno.

Questo fu il pensiero che mi aleggiò nella testa ma, prima che potesse mettervi radici, Daegan scivolò tra le mie gambe e mi concentrai su di lui.

«Ti piace la tua passera liscia.» Poggiò la guancia sulla mia coscia, con la barba che graffiava leggermente. I miei umori sgorgarono fuori e lui inalò, i suoi occhi diventarono più lucenti. Cominciò a lasciare una scia di baci sul mio interno coscia e sulle labbra morbide, aspettando ammettessi che i miei sforzi erano stati vani.

Serrando i denti, sporsi la mano in basso e cercai di tirargli la testa in avanti, per obbligarlo a leccarmi come volevo. Daegan mi afferrò e bloccò le mani con sorpresa.

Samuel rise così forte che la sua risata mi scosse, visto che ero di nuovo stesa sul suo petto. Lo fulminai con uno sguardo infastidito.

«Diventa sempre più coraggiosa» disse Samuel a Daegan, con tono di approvazione.

«Sì, è una ragazza coraggiosa. Ma è un piacere insegnarle come comportarsi bene.» Tenendomi lontane le mani, Daegan usò la lingua per domarmi, lambendo su e giù la mia vagina, umida e morbida, finché non cominciai a contorcermi ed ansimare. Si fece indietro con un sorriso malizioso.

«Cosa ne dici, Brenna. Sei contenta di essere depilata?»

Lo guardai male e lui mi prese in giro ancora un po'. Alla fine, annuii energicamente, pregandoli silenziosamente di lasciarmi venire.

«Brava ragazza» mi elogiò, usando le dita e piccoli baci sul mio bocciolo del piacere, con l'intento di farmi impazzire oltre qualsiasi limite. Molto presto, cominciò di nuovo a baciarmi e leccarmi, e la spirale del piacere mi risucchiò di nuovo.

Mentre venerava con la lingua ciò che avevo tra le gambe, il suo dito si spinse più in profondità, per accarezzarmi l'ano.

Io sussultai e lui mi rispose lanciandomi uno sguardo malizioso.

«Un giorno, piccola» mi disse. «Io prenderò questo buco qui mentre mio fratello ti penetrerà dall'altro, e ti reclameremo insieme.» Quando il suo dito scivolò dentro e fuori, il mio viso si contrasse in una smorfia.

«Non ti piace come suona, ragazza?»

Mi scostai dal suo dito, ancora accigliata.

«Brenna»,ammonì Samuel, stringendomi più forte.

«Va tutto bene, fratello» rassicurò Daegan. «Brenna, non credi che sappia farlo bene?»

Prima che potessi annuire o scuotere la testa, lui immerse la sua e fissò la bocca sul mio nocciolo sovrastimolato. Cercai di sfuggirgli ma, bloccata tra lui e Samuel, non potevo né scostarmi né scappare dalla lingua insistente di Daegan. La mia bocca si aprì in un gemito silenzioso, e Samuel mi strinse i capelli, piegandomi la testa per impossessarsi della mia bocca. Io ansimai pesantemente, e Samuel si ritrasse per mordermi lascivamente il labbro inferiore. Tra le mie gambe, Daegan stava facendo lo stesso, leccando e succhiando finché non boccheggiai nel bacio di Samuel. Daegan rimase lì, tra le mie cosce, succhiando il mio punto del piacere finché non venni sulle pelli.

Nel languido periodo successivo al mio orgasmo, realizzai che Daegan si era spinto oltre, muovendo la sua lingua tra le mie natiche. Era una bella sensazione, ma lottai per chiudere le gambe e tenerlo lontano di lì. Con un piccolo ringhio, mi bloccò le cosce e, afferrando una parte e l'altra del sedere per tenerle separate, passò vigorosamente la lingua sul mio buco.

Non volevo fosse così bello, ma lo era. Ricordai che mi aveva lavata accuratamente. Allo stesso tempo, ero felice avesse infilato due dita nella mia intimità, accarezzando la mia sensibile perla fino a portarmi a un altro sconvolgente orgasmo.

«È pronta per una bella scopata?» chiese Daegan a Samuel mentre giacevo sulle pelli in preda agli spasmi.

«È nata per questo» ringhiò Samuel mettendosi in posizione sopra di me. Baciò e solleticò con il suo viso barbuto i miei seni per un minuto o due, lasciandomi cadere di nuovo nel precipizio prima di divaricarmi le gambe per mettersi tra esse e scivolare dentro la mia intimità bagnata. I movimenti oscillatori ricominciarono. Mi agitai sul suo membro che mi stava conquistando. La sua virilità mi allargava oltre ogni misura, ma la mia vagina fradicia riuscì ad accettarlo completamente.

Mi scopò forte ed io lo accolsi come se fossi nata per saltare sull'estremità della sua enorme verga. Alzai le gambe per cingergli i fianchi, così da permettergli di spingersi più in fondo, imprecando mentre veniva.

Senza ulteriori indugi, Samuel si sfilò dalla mia cavità, con l'asta ancora dura che sporgeva dai fianchi, e Daegan prese il suo posto. Il guerriero dai capelli scuri si inserì con una forte spinta che mi fece gettare indietro la testa. Si ritirò solo per farlo di nuovo.

L'orgasmo mi ruppe quasi, partendo dalla parte più profonda di me. Sussultai e ansimai, aggrappandomi alle pelli.

«Vedi come sarà, ragazza? Due uomini incapaci di saziarsi dentro di te. Prima riempiremo la tua calda intimità, poi ti volteremo per una bella scopata nel culo mentre uno di noi si impossessa della tua bocca. Dopodiché, un lungo riposo e un bagno prima di farlo di nuovo.»

Si tirò fuori da me e mi voltò di pancia sulle pelli. «Olio, fratello. Godrà con qualcosa anche dietro.»

Daegan scivolò di nuovo nella mia vagina calda ma aggiunse un dito anche nell'altro buco, roteando e massaggiandolo con un polpastrello spesso. Il mio corpo si strinse intorno a quell'intruso lubrificato. Mi sentivo così piena da esplodere.

Samuel si posizionò davanti a me, toccandomi la bocca con il suo membro.

«Leccalo» ringhiò, afferrandomi i capelli per spingermi verso la sua asta, che pulii dai miei umori con la lingua.

Giocarono con me in quel modo per un po', Samuel usando la mia lingua per tornare duro mentre Daegan mi stringeva e massaggiava le natiche, con un dito a penetrarmi il posteriore intanto che il suo pene rimaneva incastonato nella mia vagina.

Finalmente, Daegan si stancò di giocare con il mio didietro. Samuel indietreggiò, masturbandosi davanti ai miei occhi mentre il suo fratello guerriero si spingeva con forza dentro di me. Entrambi finirono a pochi secondi l'uno dall'altro: Daegan mi strinse i fianchi abbastanza forte da lasciarmi dei lividi, mentre Samuel mi dipinse il volto con il suo seme.

Passarono un po' di tempo a spargerlo sulla mia pelle, affermando il loro possesso su di me, prima di lavarmi e portarmi a letto.

CAPITOLO 5

*P*assò del tempo, e non sapevo quanto a lungo fossi rimasta nella grotta: sicuramente più di una notte, perché le mie emorragie mensili vennero e finirono. Durante quel periodo, i guerrieri mi coccolarono come facevano sempre, portandomi del cibo e portandomi a fare il bagno.

Le coccole continuarono anche dopo la fine delle mie mestruazioni. Mi piaceva sempre più il modo in cui mi davano attenzioni e si prendevano cura di me, anche se avrei voluto potergli parlare. A volte si rilassavano e parlavano del loro passato, delle loro imprese guerriere. Sembravano aver combattuto abbastanza per tre vite. Talvolta menzionavano re dai nomi stranieri, oppure di cui avevo sentito parlare ma che erano morti molto tempo prima.

Se avessi potuto, avrei chiesto loro del loro passato, e di come fossero arrivati a vivere su una montagna in un clan di Berserker. A volte tornavano dalla caccia, con l'odore del sangue addosso e occhi illuminati da una strana luce dorata. Qualcosa nei loro modi di fare mi provocava un brivido lungo la schiena, come se loro fossero predatori ed io la preda. Mangiavano, si lavavano e dormivano, pronunciando mezze frasi con tono duro e gutturale.

Ma, per la maggior parte del tempo, mi scopavano.

Le loro mani e i loro lunghi capelli palesavano il loro desiderio sulla mia pelle, finché non ero tremante e pronta. Poi uno dei due mi montava.

Quando mi svegliai non sapevo se fosse mattina o sera, rannicchiata com'ero tra quei due enormi corpi caldi. I loro lunghi capelli correvano sul mio corpo, mischiandosi ai miei. Trattenendo il respiro, ascoltai, ma non erano svegli. Di solito erano loro a svegliare me, con le mani eccitate ad accarezzarmi, a sistemarmi, con le bocche alla ricerca dei miei punti più sensibili finché non ansimavo, pronta per accoglierli. Poi si alternavano tra le mie gambe, scopandomi forte e veloce.

Mi tenevano sempre completamente nuda e, per la maggior parte del tempo, neanche loro indossavano abiti, fuorché un perizoma di pelle. Sembravano sempre duri e pronti per me.

Mi mossi un po' e sentii una lunghezza dura sfiorarmi la gamba.

Sentii il calore incombere su di me, reclamandomi e, per la prima volta dopo una Luna, ero pronta prima che lo fossero loro.

Osservando il bel viso addormentato di Samuel, le mie dita cercarono il suo membro e lo massaggiarono con il più leggero dei movimenti. L'asta si allungò contro di me, non l'avrei creduto possibile.

Alle mie spalle, Daegan sospirò, così sporsi una mano per cercare il suo spessore con un dito incerto.

Le mie piccole mani lo circondarono, prendendosi qualche libertà.

Sentii un altro sospiro alle mie spalle, a cui fece eco

Samuel, e guardai in alto per scoprire un leggero sorriso affiorare sul volto del biondo.

«Qualcuno è sveglio» disse lui. Aprì gli occhi ed io sbattei le palpebre davanti a quella luce dorata.

«Pensi sia pronta per noi?» sussurrò Daegan al mio orecchio, lasciandomi percepire il suo sorriso.

«Sempre.» Samuel si mise in ginocchio e mi spostò sotto di sé.

Quando finimmo l'amplesso, i nostri corpi giacevano attorcigliati sulle pelli.

«E pensare per quanto tempo siamo stati senza tutto questo» disse Samuel. Le sue dita accarezzarono la mia guancia. Con il passare del tempo avevano smesso di toccare la mia cicatrice, ma non mi importava più di tanto. Era passato così tanto tempo da quando ero entrata in quella montagna, che il resto della mia vita mi sembrava quasi un sogno.

Mentre Daegan si alzava per alimentare i bracieri, Samuel continuò ad accarezzarmi il viso e i capelli. Il suo sguardo era pervaso da un briciolo di malinconia. «Così giovane e adorabile. La bellezza di un fiore, destinata a svanire.».

Aggrottai la fronte.

«Non serve a niente pensarci su, fratello» lo rimproverò Daegan.

«Mio fratello non ha mai accolto una donna in casa, né nel suo cuore.» Samuel mi guardò, ma potevo percepire il suo fastidio al commento di Daegan. «È diventato un Berserker in modo diverso, e non ha mai conosciuto nessun'altra vita.»

«Sono pur sempre frutto di una strega» protestò Daegan. «Innaturale.»

«Un mostro», concordò Samuel. «Come me.»

Non mi piaceva la piega che aveva preso il discorso. Entrambi i miei guerrieri sembravano molto tristi e, intrappolati lì in quelle due stanze, erano diventati il mio mondo.

Ai miei occhi, non sembravano mostri. Erano grandi e brutali, ma anche gentili e docili. Almeno con me.

Ripensai a tutte le storie che mi avevano raccontato, alcune delle quali pensai fossero racconti di grandi eroi del passato. Ma avevo già sentito parlare di Harald Fairhair, il re che aveva unito il Cammino del Nord. Era vecchio, sedutosi al trono molti re prima del nostro Re Rosso. Come avrebbe potuto Samuel, un tempo Sigmund, combattere per un sovrano morto secoli prima? Non aveva senso, per me. Quanti anni avevano? Non potevo chiederlo, ma cercai degli indizi.

«Secondo te, tesoro, è più facile nascere mostro o essere trasformato in uno di essi?»

«Sei tu che hai scelto la maledizione della strega», disse Daegan.

«Non lo avrei fatto se avessi saputo la verità. Ho vissuto come qualcosa di diverso da un mostro. Avevo una famiglia. Tu, invece, no.»

«Ne ho desiderata una» rispose Daegan, e percepii la sua irritazione.

«Mio fratellonon capisce cosa ho perso», mi disse Samuel, e Daegan si lasciò sfuggire un leggero ringhio, mentre si aggirava per il perimetro della stanza.

Lanciai un'occhiata nervosa al guerriero dai capelli scuri.

Immediatamente Samuel sembrò dispiaciuto. «Tranquilla, tesoro. Non ti faremo del male.»

«È una storia vecchia» Daegan emise un sospiro frustrato.

Tuttavia mi sentivo inquieta, e non mi piaceva. Misi una mano sulla spalla di Samuel e la strinsi. Lui la afferrò, baciandone il dorso. Allungai l'altra verso Daegan, che si avvicinò.

«Al nostro tesoro non piace vederci litigare», osservò Samuel, senza sembrare arrabbiato. Teneva la mia mano tra le sue enormi, accarezzandola e massaggiandola, stringendola con cura come se fosse un uccellino indifeso.

«Sa come calmarci. Vieni, Brenna» Daegan mi tirò la mano. «Lascia che ti insegniamo qualcosa di nuovo.»Stese una pelliccia davanti alla pedana e mi aiutò ad inginocchiarmi davanti a Samuel.

«Ogni volta che farò arrabbiare mio fratello, sarà compito tuo farlo sbollire.»

Con un leggero sorriso, Samuel spostò il perizoma e tirò fuori il suo membro.

«Toccalo» mi disse all'orecchio Daegan. Il guerriero dai capelli neri si accovacciò dietro di me, guidando i miei movimenti mentre prendevo l'asta di Samuel con la mano e l'accarezzavo.

«Ora con la bocca, piccola» ordinò.

Quando le mie labbra sfiorarono la sua lunghezza, Samuel chiuse gli occhi. Lo interpretai come un buon segno.

La verità era che mi piaceva trovare il modo di soddisfarli. Inginocchiata davanti al grande guerriero, mi sentii soddisfatta.

La mia lingua lambì la sua carne spessa e il suo membro guizzò. Leccai in senso circolare la corona rosa, poi, su insistenza di Daegan, fui costretta a spingere la testa più avanti per accoglierne di più. Samuel era troppo grosso per riuscire a prenderlo tutto, ma provai a fare del mio meglio, indietreggiando e facendo scendere di nuovo la bocca sulla sua asta, ancora e ancora.

Le dita di Daegan si infilarono tra i miei capelli e fu lui a muovere la mia testa su e giù, ritmicamente, finché Samuel si irrigidì e venne. Lo sperma si riversò dalla mia bocca fino al mio petto.

Samuel si mise a sedere e passò il liquido sulle mie labbra e sui seni prima di baciarmi.

«Odori del mio seme», ringhiò felicemente. I suoi occhi dorati brillarono.

«È il mio turno.» Daegan mi prese i capelli e li tirò leggermente per voltarmi verso di lui. Mi sistemai di nuovo in ginocchio e gli offrii lo stesso servizio. Con i suoi capelli scuri e gli occhi dorati, sembrava una bestia selvaggia, feroce. Dopo tutte le sue gentili premure mentre compiacevo suo fratello, Daegan fu molto più aggressivo con me: mi teneva la testa e la muoveva su e giù lungo la sua asta. Mi aggrappai alle sue cosce e respirai dal naso finché non venne.

Samuel mi tirò in piedi. Si mise seduto sulla roccia, la sua virilità che si ergeva verso l'alto. Pensavo volesse di nuovo la mia lingua, invece mi prese dai fianchi e mi portò sul suo membro. Sospirammo entrambi mentre la sua asta mi penetrava. Come sempre, la sua grandezza mi dilatò piacevolmente fino a farmi raggiungere il punto di non ritorno. La sua mano si infilò tra i nostri corpi e il suo pollice raggiunse il mio clitoride per massaggiarlo, finché le ondate di piacere non mi attraversarono dalla testa ai piedi. Tremai, le mie mani aggrappate ai suoi capelli. La sua bocca trovò il collo, e ne leccò e succhiò la pelle delicata. Dopodiché, le sue labbra scivolarono sulla spessa cicatrice. Per qualche attimo, tollerai il contatto prima di allontanargli la testa. Emise un ringhio che gli rimbombò nel petto, ma spostò la bocca sul mio petto finché non inarcai la schiena, offrendogli il mio seno per fargli leccare, stuzzicare e succhiare quelle piccole protuberanze.

Daegan venne a sorreggermi e poggiai la schiena su di lui, sorridendo quando la sua testa si inclinò per reclamare la mia bocca. Il fratello guerriero smise di venerare i miei seni e mi attirò di nuovo contro di sé. Samuel mi strinse forte i fianchi e mi portò su e giù sulla sua asta.

Il piacere mi fece di nuovo sua preda: sentivo le vibrazioni partire dalla parte più profonda di me stessa e diffondersi in tutto il mio corpo. Sussultai e mi aggrappai alle spalle e alle braccia muscolose di Samuel. Il grande guerriero ruggì e si stese di schiena, portandomi sopra di sé.

«Cavalcami», ordinò, gli occhi incastrati nei miei.

Mi sforzai di ricompormi.

Sentii la mano di Daegan accarezzarmi la schiena per poi stringermi prima una natica poi l'altra, prima di sculacciarmi. «Su e giù, Brenna, da brava. Dai sollievo a mio fratello.»

Trovando un punto d'appoggio sulla roccia, mi sistemai a cavalcioni sul grande guerriero e mi mossi su e giù. La mia pelle diventò madida di sudore.

Daegan mi sculacciò per un po' come per incoraggiarmi, poi le sue dita scivolarono nella fessura tra le mie natiche. Scattai in alto per sfuggire al dito che mi stava penetrando, ma il guerriero dai capelli scuri mi diede di nuovo uno schiaffo sul sedere.

Le dita di Samuel mi pizzicarono i capezzoli, attirando la mia attenzione verso di lui. «Più veloce», grugnì, ed io obbedii, cavalcandolo mentre tirava i miei capezzoli per controllare il mio ritmo. Il dolore mi fece stringere sull'enorme verga del biondo, e lui mi afferrò i fianchi per penetrarmi da sotto finché non venne con un ruggito.

Mi ero ripresa a malapena quando Daegan mi prese per i capelli e mi tirò via dall'asta di Samuel.

«Leccalo e puliscilo» mi ordinò con voce roca il guerriero dai capelli scuri, «mentred io ti prendo da dietro.»

Piegata sul corpo steso di Samuel, obbedii. Nel fervore dell'eccitazione, il solito modo di scherzare di Daegan scomparve, ma non mi interessò. Mi stavano addestrando, e mi divertii a sentire le dure spinte del guerriero mentre veneravo il membro turgido di Samuel.

Daegan si sfilò prima di raggiungere l'orgasmo, riempiendomi di seme la schiena. Ormai mi ero abituata al fatto che i nostri accoppiamenti finissero con me sporca del loro sperma, ma quella volta ne fui letteralmente ricoperta. I guerrieri sembravano così compiaciuti che avevo paura non mi avrebbero permesso di lavarmi.

Alla fine, Daegan mi condusse alle sorgenti riscaldate. Mi lasciò sguazzare e lavarmi, da sola. Mi piaceva lavarmi, ma anche usare l'olio e lo strigile per poi risciacquarmi. Rimasi nelle acque basse a strofinarmi la pelle e ammirando i miei seni pieni, la vita stretta che si allargava in fianchi ampi e un sedere tondo. Mi sentì piena di desiderio ma sazia allo stesso tempo. Quasi gemetti al pensiero di tornare sulla predella e farmi possedere di nuovo dai due guerrieri.

Galleggiando nell'acqua, chiusi gli occhi e lasciai che le mie mani accarezzassero oziosamente il mio corpo.

Un pensiero si fece strada in me e mi alzai in piedi, senza più provare quella sensazione languida. Ero in calore. Di nuovo.

Mi coprii il volto con le mani.

Sicuramente non era così. Era passato un mese ed ero ancora lì. Mi ero dimenticata di me stessa, delle mie sorelle indifese di fronte alla libidine del mio patrigno. I guerrieri mi avevano incatenata con le loro cure e la loro gentilezza. Mi avevano trattata così bene, che avevo dimenticato quali fossero i miei doveri.

Avevo persino dimenticato il mio orribile volto.

L'acqua si increspava intorno al mio corpo, rovinando il mio riflesso, prendendomi in giro. Dovevo soltanto guardarlo e avrei ricordato tutto.

Ormai era troppo tardi – il mio grembo era in preda ai crampi, voglioso di farmi possedere di nuovo dai miei guerrieri. Anche il mio corpo era mio nemico.

La mia bocca si aprì per lasciar uscire un urlo silenzioso.

Tornai barcollando alla stanza e mi avvolsi in una delle pelli. Non avevo stivali né vestiti, ma non potevo indugiare.

Per la prima volta da quando mi avevano portata in quella caverna, imboccai il corridoio e mi mossi verso l'aria fredda dell'esterno, determinata a fuggire. Samuel mi aveva detto di non avventurarmi mai da sola fuori e la minaccia del pericolo era stata abbastanza eloquente per tenermene lontana. Quello e le loro carezze, così gradite dopo una vita da emarginata. Nella luce soffusa dell'amore, ero cieca: non riuscivo a vedere la vera me stessa, quella brutta. La strega aveva scelto bene, non c'era dubbio.

Con la mente inondata da amari pensieri, feci un passo fuori dalla caverna e salii per la sporgenza della montagna, sbattendo le palpebre alla luce. Il Sole era basso nel Cielo—se fosse sera o mattina, non lo sapevo.

Un sentiero che partiva dall'ingresso della caverna conduceva giù per la montagna, e per un secondo mi sembrò di poter fuggire.

Un movimento catturò la mia attenzione e trasalii quando le forme emersero dall'ombra, con la pelliccia screziata che si mimetizzava naturalmente tra la pietra.

Ovunque guardassi, c'erano lupi.

Fu allora che il mio sogno di fuggire si trasformò in un incubo.

Mi allontanai dal sentiero che scendeva per la montagna, con una mano che stringeva la pelliccia e l'altra che copriva la mia cicatrice. Una protezione ridicola da quelle bestie che adesso mi circondavano, alcune delle quali bloccavano l'entrata della caverna. Ero intrappolata su una montagna con un branco di lupi, i miei primi assalitori.

La mia bocca si aprì e produsse un grido che nessuno poteva sentire.

Un lupo mi aveva tolto la voce e cambiato la mia vita per sempre. Adesso dei suoi simili mi avrebbero tolto la vita.

C'era una sola strada possibile, per me: l'orlo del precipizio. Con le lacrime che mi scorrevano lungo il viso, mi mossi lentamente all'indietro.

Un lupo scuro balzò fuori prima degli altri. Non ringhiò, ma rimase soltanto fermo, attento a guardarmi.

Fu allora che realizzai che tutti i lupi avevano gli occhi dorati.

La mia testa cominciò ad ondeggiare avanti e indietro. No, non poteva essere.

Un lupo dorato, più grande di tutti gli altri, si separò di corsa dal branco e si affiancò a quello scuro, lasciandomi intuire si trattasse di Samuel e Daegan, indubbiamente. I Berserker non erano uomini che si infuriavano come bestie: *erano* bestie. Lupi.

Con la bocca ancora spalancata in un urlo, mi voltai e corsi. I miei piedi nudi battevano sulla pietra. Non potevo sfuggirgli, ma la sporgeva era a pochi metri da me. Avrei potuto lanciarmi e morire.

Un rumoroso colpo dietro di me mi spinse a terra. I miei capelli volarono come scossi dal vento, ma non ce n'era nemmeno un alito.

«No», un ringhio stizzito provenne dalle mie spalle.«Brenna!»

Mi rimisi in piedi e mi voltai. Il lupo scuro era a un metro di distanza da me, con la bocca aperta, ansimante. C'era forse del dispiacere nei suoi occhi dorati?

Feci un gesto per intimargli di starmi lontano. Samuel si accovacciò qualche metro dietro il lupo, piegato su mani e ginocchia. Era nudo, a parte un perizoma, come l'avevo visto già molte volte. «Brenna» disse a fatica, per poi ripetere in una voce umana più chiara «Per favore.»

Nella fretta che avevo di fuggire, avevo valutato male quanto fossi vicina al bordo. Un solo piccolo passo indietro e sarei caduta. Il lupo saltò.

Le sue fauci si aggrapparono alla pelle che avevo addosso

e mi spinsero in avanti. Mi strinsi alla pelliccia mentre il lupo mi trascinava indietro sulla montagna. Per un secondo, i miei piedi scalciarono contro la roccia, nel vuoto, ma quella spessa pelliccia mi salvò. Quella e le fauci serrate di un lupo.

Samuel si chino su di me, con la preoccupazione impressa in ogni linea del suo volto.

«Brenna.»Le sue mani percorsero tutto il mio corpo per controllare non mi fossi fatta nulla. Accanto al guerriero biondo, il lupo scuro mugolò.

Samuel mi sollevò e mi portò nella stanza con le pelli. Fissai i suoi occhi dorati, mettendo insieme i pezzi. Quelli erano i Berserker di una volta. Nel corso dei secoli, avevano combattuto per re e nazioni diverse, e alla fine si erano stabiliti negli Altipiani, appartati e soli dove nessuno sapeva fossero lupi. Avevano bisogno di una schiava per lenire la lussuria, e avevano consultato una strega che gli aveva detto di cercarmi. Perché una contadina così orribile non sarebbe mancata a nessuno, soprattutto con le carni già adornate dalle cicatrici inflitte dalla loro stessa specie.

Ero sdraiata sulle pelli, attraversata dal dolore nonostante le attente cure di Samuel. Mi spogliò della veste e mi avvolse una benda intorno alla gola, poi si stese accanto a me, spostandomi i capelli dal volto e parlandomi in tono rassicurante. «Brenna, mi dispiace. Avrei voluto dirtelo in un altro modo. Farei qualsiasi cosa per far svanire il tuo timore.»

La sua mano sfiorò la cicatrice, facendomi irrigidire. Chiudendo gli occhi, mi voltai di schiena. Samuel mi mise il braccio intorno alla vita per rigirarmi, di modo che il mio volto fosse di fronte al suo. Il suo sospirò mi soffiò sui capelli.

«Per favore, tesoro. Non avere paura di noi. Non so cosa ti ha lasciato quelle cicatrici, se un lupo o un cane, o qualcuno come noi. Siamo frutto di un incantesimo. La bestia vive dentro di noi e può essere saziata. In qualche modo, tu...» fece una pausa per avvicinarsi ai miei capelli e inspirarne il profumo, come faceva spesso, «...tu plachi il lupo.»

Corrucciai il volto, cercando di non piangere. Non era giusto: il mio destino era cambiato due volte, entrambe da bestie. Non importava che amassi i miei padroni guerrieri. Una vita intera di sofferenze era sufficiente a cancellare tutti i momenti di tenerezza.

Un suono di passi strascicati attirò la mia attenzione. Il lupo scuro si era posizionato dietro alla predella, scuotendo la testa di qua e di là come se indossasse un mantello invisibile che voleva scrollarsi di dosso. Mi irrigidii e cominciai ad allontanarmi, ma Samuel mi trattenne, facendomi guardare l'animale.

«Quello è Daegan. Sta cercando di tornare uomo per te, così potrà confortarti.»

La bestia si fermò e mugolò, un suono disperato, quasi patetico, addirittura per le mie orecchie spaventate.

«Ho fatto appello alla magia del branco per trasformarmi rapidamente, così da poter parlare con te» spiegò Samuel. «Ogni lupo mi ha dato aiuto e ci vorrà un po' prima che si riprendano. Ma Daegan è forte. Il suo potere è quasi quanto il mio. Anche se debole, potrebbe essere in grado di trasformarsi.»

Il lupo abbassò di nuovo la testa e mugolò. Per quanto fosse grande, non sembrava spaventoso quanto prima.

«Guardalo, Brenna. Sta soffrendo, perché sei spaventata da lui. Ci hai restituito la nostra umanità. Ti prego, non odiarci, e non portarcela via.»

Io e Samuel osservammo la bestia nera dimenarsi a lungo. Il suo corpo tremava come se fosse disturbato da mille api fastidiose. Una parte di me voleva dargli conforto.

Il guerriero biondo parlò di nuovo. «Per anni abbiamo nutrito la bestia con la violenza. Secoli di lotte e morte. La furia omicida è dolce, quando siamo noi a sentirla. Ma ci ha

privato di ogni nostra bontà, fino a renderci vuoti dentro.»
Mi fece rotolare per finire di fronte a sé, ma sentivo ancora il
lupo sbuffare e lottare per cambiare forma dietro di me. «Ho
fatto di tutto per aggrapparmi alla mia umanità. Cercavo
donne, compivo buone azioni. Ho persino rinunciato alla
vita da guerriero, facendo un voto di pietà e cambiando il
mio nome per diventare un prete. Ma le mie preghiere non
sono state esaudite.»

La sua grande mano coprì le mie cicatrici e per una volta
non mi allontanai, rapita com'ero dalla sua storia e dai suoi
occhi. «Sono diventato uno studioso e ho cercato una strega.
Ci disse di trovare una ragazza che era stata segnata da un
lupo. Daegan è passato per il tuo villaggio, ti ha vista fare il
bagno nel ruscello, e ha capito che saresti stata tu.»La sua
testa si piegò di nuovo per sistemarsi nella curva tra il mio
collo e la mia spalla. «Ti prego, tesoro. Non lasciarci nell'o-
scurità. Abbiamo bisogno di te.»

Fissai il lupo scuro, poi toccai le mie cicatrici, opera di un
altro lupo.

Quando ero soltanto una bambina, un lupo mi aveva sfregiata. Quel giorno un lupo mi aveva salvata, ma era successo
già molto tempo prima. Una Luna prima.

Si credevano dei mostri, quei lupi Berserker, ma ne conoscevo di peggiori. Il mio patrigno era uno di quelli.

Samuel spostò la testa dalla mia spalla, permettendomi
così di alzarmi e andare dove giaceva Daegan, esausto dei
tentativi andati a male di trasformarsi. Le sue orecchiesidriz-
zarono, ma non si mosse. Per quanto grande fosse, sembrava
addomesticato come un cane da compagnia.

A pochi metri di distanza, mi inginocchiai e allungai la
mano. Tutto il mio corpo tremava dalla paura, ma cercai di
ignorare il terrore. Accettai il lupo: lui mi aveva accettata,
altrimenti sarei già morta.

Daegan il Berserker alzò la testa.

Sentii le ondate magiche, la magia del branco che Samuel mi aveva descritto. Non sapevo come riuscissi a sentirla, ma fu proprio così. Il calore si diffuse in me, portandomi in avanti, vicino al mio lupo scuro.

Fuori, uno dopo l'altro, i lupi cominciarono a ululare. Una melodia sofferente riecheggiò lungo il corridoio. Un suono triste, ma trionfale. Nessun lupo era rabbioso, o affamato della mia carne. Mi sentii incoraggiata da quel coro improvvisato, quasi sollevata.

Con una fluida agilità da predatore, Daegan si alzò e si avvicinò al mio fianco.

Abbracciai il lupo, affondando il viso nella sua pelliccia scura, odorando il profumo di selvaggio e del bosco. Sentii Samuel dietro di me e il principio del magico formicolio prima che il biondo mi tirasse via. In una breve esplosione di luce dorata e di magia, Daegan cambiò forma.

Poi abbracciai l'uomo.

CAPITOLO 6

*D*ormii tra i due uomini, come al solito. Dopo la trasformazione, Daegan fece fatica a parlare.

I suoi occhi dorati, però, resero chiaro il suo desiderio di farlo. Fece qualche tentativo, emettendo sbuffi, poi posai il mio dito sulla sua bocca: non avevo bisogno di parole di conforto. Prendendo le mani di entrambi i guerrieri, li condussi a letto. Ci accoccolammo lì, insieme. Daegan fu il primo ad addormentarsi, e in quel momento, tutte le volte in cui tornava dalla caccia, con l'odore del sangue addosso e la voglia spasmodica di nutrirsi, dormire o accoppiarsi, ebbero un senso.

«Allora, Brenna, adesso capisci?» chiese Samuel. Annuii.

Quando la bestia prendeva il sopravvento, sottraeva loro la capacità umana del linguaggio e gli effetti avevano bisogno di un po' di tempo per svanire. Samuel e Daegan erano i capibranco, Samuel il principale e Daegan il suo vice. Dopo secoli di lotta, le bestie riuscivano a dominare il loro lato umano. Avevano bisogno di una panacea, di qualcuno o qualcosa che potesse riportare la bestia sotto il loro controllo.

Avevano cercato e consultato una strega, poi avevano trovato me.

Non sapevo perché riuscissi a placare il lupo, ma non importava: li avevo salvati.

«Tu sai chi siamo e ci accetti» mi disse Samuel. «Abbiamo bisogno di te qui con noi per sempre, Brenna, anche se a volte vorrei che ci fosse un altro modo. So cosa vuol dire avere una strega che ti cambia la vita.»

Dormii un po', e quando mi svegliai i due Berserker mi stavano osservando.

Samuel mi porse una sorta di collana d'argento, un antico ornamento. A volte, i guerrieri indossavano delle fasce sulle braccia in segno della loro fedeltà al re o al loro capo. Quello, invece, sembrava fosse più il gioiello di una principessa che il collare di una schiava. Forse era entrambe le cose, qualcosa a metà strada tra l'una e l'altra opzione. Una fascia per onorare la salvatrice e segnare una schiava.

La toccai.

«Desideriamo che lo accetti» disse Daegan. La sua voce era ancora roca e i suoi occhi brillavano, ma era completamente uomo.

«Questo ti marchierà come nostra tra i lupi.»

Fissai il gioiello. Mi stavano chiedendo di prendere una decisione, non di restare o andare via, ma di accettare il mio posto. Io ero pronta a farlo, ma ad una condizione.

Ci volle un po' di tempo per fare dei gesti con le mani, ma riuscii a farmi comprendere.

«Ti preoccupi per la tua famiglia» interpretò Samuel.

Indicai i miei capelli e il mio corpo sinuoso, poi allungai la mano per indicare un'altezza inferiore.

«Le tue sorelle» intuì Daegan.

«Vuoi essere certache ci si prenda cura di loro?»

Esitai, non sapendo come dirgli che avevo paura che il mio patrigno potesse rappresentare una minaccia.

Delle grosse dita voltarono la mia testa per guardare Samuel. L'enorme biondo mi fissò direttamente negli occhi. Sentii un brivido lungo la schiena, ma rimasi immobile.

Dopo un lungo momento, Samuel si lasciò scappare un sospiro. «Non ti fidi della vicinanza del marito di tua madre.»

Annuii vigorosamente mentre Daegan e Samuel si scambiarono degli sguardi.

«Brenna»,mi chiamò Daegan. «Vuoi che ci occupiamo della minaccia?» Il guerriero dai capelli scuri, solitamente giocoso, sembrava molto serio.

Io annuii.

«E se lo facciamo, rimarrai qui e vivrai con noi? Felice?»

Annuii e allungai una mano per prendere l'ornamento, poggiandomelo poi sul grembo per guardare prima in un paio di occhi dorati, poi nell'altro.

Avevo fatto la mia scelta. Adesso, dipendeva tutto da loro.

«Sarò di ritorno tra un giorno», disse Daegan. Mi baciò e andò via.

Avvicinai le gambe al petto e le avvolsi con le braccia.

Samuel camminava nervosamente intorno a me, irrequieto. Di tanto in tanto alzava la testa per annusare l'aria. Sapevo che riusciva a sentire il mio calore.

Aspettammo.

Le ombre strisciavano negli angoli. Dovevo aver mangiato e dormito, perché subito dopo l'odore di sangue riempì la camera.

«Brenna», mi chiamò Samuel.

Mi alzai, avvolgendo intorno al mio corpo una pelle invece di un vestito. Adesso ero la compagna di due Berserker. Avrei camminato nuda tra i lupi, perché i miei amati mi avrebbero protetta.

Insieme, io e il leader biondo percorremmo il corridoio per raggiungere l'ingresso della caverna, dove un branco di mannari giganti ci stavano aspettando. Daegan si fece avanti in forma umana, un po' ingobbito e con un silenzio da predatore. L'aria aveva l'odore del sangue. Mi avvicinai a lui, che teneva tra le mani un cesto che gocciolava di rosso.

Sapevo già, anche senza guardare, cosa avrei trovato al suo interno.

«Daegan mi dice che l'omicidio è stato abbastanza perverso. Quando tua sorella ha trovato il corpo, si è messa a ridere.»

Poggiai a terra il cesto che conteneva la testa del mio patrigno. Le mie sorelle, Sabine, Muriel e Fleur, erano salve adesso.

Daegan e Samuel mi seguirono in camera. Indicai la grotta adibita al bagno, arricciando il naso, e il guerriero dai capelli scuri sparì per lavarsi.

Quando fu di ritorno, nudo e bagnato, mi trovò a sedere sulla predella con l'ornamento poggiato sul grembo.

Alzando il mento, lo consegnai a Samuel.

Daegan mi tenne alti i capelli mentre Samuel piegò la collana come se fosse fatta di paglia per mettermela al collo. Toccai il metallo freddo e percepii uno strano fremito, come se quella fascia fosse un oggetto magico. Inoltre, l'argento copriva parte della mia cicatrice, ma attirava l'attenzione su di essa.

Alzandomi in punta di piedi, piegai la testa di Samuel e lo baciai, ripetendo la stessa azione con Daegan, prima di ricondurli sulla pedana.

Ci possedemmo a vicenda, mentre fuori i lupi ululavano.

* * *

UNA LUNA PIÙ TARDI, mi trovavo ai limiti del grande mercato, presa ad osservare mia madre allestire la sua bancarella. Le mie sorelle gemelle giocavano nell'erba mentre Fleur lavorava accanto a nostra mamma.

«Abbiamo trovato un mercante che pagherà bene la sua merce» mi disse Samuel. «E ogni mese la sorella più grande troverà della carne fresca sulla porta di casa. Le sorveglieremo noi.»

Guardandole, vidi con la coda dell'occhio un bagliore dietro di me, nella foresta, che segnalava che un lupo si era appena trasformato in uomo. La testa di mia sorella Fleur si voltò bruscamente nella nostra direzione, e lei cominciò a muoversi verso il mio nascondiglio. Indietreggiai, ma mia madre chiamò Fleur, che la raggiunse per aiutarla, ancora accigliata e perplessa.

Voltai le spalle alla mia famiglia e mi diressi più in profondità nella foresta, nel fitto sottobosco in cui due uomini mi stavano aspettando. Uno dai capelli scuri, uno biondo, forme enormi chine e in agguato nell'ombra, illuminata soltanto dai loro occhi dorati.

LIBRO GRATUITO

Ricevi un libro segreto sui Berserker, "Allevata dai Berserker"
(solo per i fan più accaniti sulla lista e-mail di Lee=)
Vai qui per cominciare... https://geni.us/BredBerserkersIT

LA SAGA DEI BERSERKER

Per più di un secolo, i guerrieri Berserker hanno combattuto e ucciso per i re. Ma c'è un solo nemico che non possono sconfiggere: la bestia dentro di sé.

Venduta ai Berserker
Accoppiata ai Berserker

Allevata dai Berserker (solo per i fan più accaniti sulla lista e-mail di Lee=)

Presa dai Berserker
Data ai Berserker
Rivendicata dai Berserker

LE SPOSE BERSERKER

Salvata dai Berserker
Catturata dai Berserker
Rapita dai Berserker
Legata ai Berserker
Piccoli Berseker
Posseduta dai Berserker
La Notte dei Berserker
Domata dai Berserker
Comandata dai Berserkers

I GUERRIERI BERSERKER

Ægir
Siebold

ℛomanzo Paranormale

Lᴀ Sᴀɢᴀ ᴅᴇɪ Bᴇʀsᴇʀᴋᴇʀ. Questi valorosi guerrieri non si fermeranno di fronte a niente per rivendicare le loro compagne…Comincia con Venduta ai Berserker

Aʟꜰᴀ ʀɪʙᴇʟʟɪ, con Renee Rose (cattivi ragazzi licantropi) – comincia con Tentazione Alfa.

Rᴏᴍᴀɴᴢɪ Cᴏɴᴛᴇᴍᴘᴏʀᴀɴᴇɪ

Iʟ Mɪᴏ Dᴀᴅᴅʏ È Un Marine

SU LEE SAVINO

*L*ee Savino, scrittrice di successo dello USA Today, scrive libri incentrati principalmente su storie d'amore "smexy". *Smexy* è una combinazione di "smart" e "sexy", quindi Sexy e Intelligente, esattamente come i suoi personaggi. Trovala sul gruppo Facebook "Goddess Group" e scarica il suo libro gratis su www.leesavino.com!

Se non sei ancora sazio di ménage, dai un'occhiata alla serie Draekon! Se vuoi altri licantropi sexy, invece, dai un'occhiata alla sua serie chiamata Alpha. Lee ha scritto molti libri, ma queste due saghe dovrebbero tenerti impegnato per un bel po'!

Puoi trovarla su:
www.leesavino.com

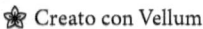 Creato con Vellum